Ludwig Weibel
Sphären des allherrlichen Gelingens
Wo Wahrheit herrscht und Sitte

Books on Demand

Bibliographische Information der Deutschen Nationalbibliothek
Die Deutsche Nationalbibliothek verzeichnet diese
Publikation in der deutschen Nationalbibliographie,
detaillierte bibliographische Daten sind im Internet über
http://dnb.dnb.de abrufbar.

© 2015 Autor: Ludwig Weibel
Herstellung und Verlag:
BoD – Books on Demand, Norderstedt
ISBN 9783738605921

Ludwig Weibel

Sphären des allherrlichen Gelingens

Inhalt

1

Taufrisch, tatenträchtig und gedankenfroh

1.1

Taufrisch, tatenträchtig und gedankenfroh ist es ein Fest, bewusst in eine Welt zu treten, die so rein gestimmt ist wie ein kostbar Instrument in deinen Händen. Ich verbürge Mich dafür, dass, was Ich für dich in Mir fühle, rein und lauter ist, allverbindlich, zärtlich und für eine graziöse Märchenwelt entschieden.

Für Mich ist die Gelegenheit zum Schaffen auserlesner Wunderwerke immer da, Ich brauch' sie nur mit Willensstärke, genialer Wucht, Geduld und schöpferischem Duktus zu ergreifen und schon geht es zielbewusst voran mit der Verwirklichung der trefflichsten Ideen. Was Ich Mir zu gestalten leiste, ist immer ausgesprochen elegant und praktisch, bewundernswert und morgenschön. Wie sollte daraus nicht der Liebe Flaum, wie der Erhebung Leichtigkeit erstehn, die eines Gottes würdig sind in seinem Reich der gloriosen Weiten, wie des Seine-Motivationen-aufs-Vortrefflichste-Begreifen.

Ich bewohne Sphären des allherrlichen Gelingens jeden leisen Winks, den Ich ins All vergebe. Nur die Herzensgüte und die Schaffensglut bewegen Mich dazu, dem Neuen, Unbekannten improvisatorisch Form und Farbe, lichterlohen Eigenwert und Grazie des Himmels zu verleihen. Was aus Meinen Händen strömen mag, hat ewigen Bestand, und jeder noch so leise sprossende Gedanke trägt sich ständig in Mir fort, sich nährend am Genie, das Ich verwalte, wie an der Weisheit, die Mir innewohnt seit Urgedenken. Mein Kalkül geht immer restlos auf mit mathematischer Genauigkeit und mit dem Wohlgefühl, dass in ihm alles stimmig ist bis zum allerletzten Aneinanderfügen. Meine Macht ist so bedeutend, dass sie sich noch bis ins Fernste, das sich denken lässt, erstreckt und weder rasenden Erfolg noch Hiobsrufe fürchtet in der strahlenden Gewissheit, dass die Dinge sich zum Wohl des Ganzen, wie auch zum Entzücken jedes Einzelnen, entfalten. In Mir ist alles klein -und gross- und äussert sich in ernstzunehmender Charakterstärke, Unnachgiebigkeit, Erfahrenheit und Milde des Gestaltens einer Welt von Anmut, Tugendhaftigkeit und Loyalität.

Kannst du ermessen, was es heisst, in einem Milieu der wunderbarsten Selbstverständlichkeit zu leben, wo Wahrheit herrscht und Sitte, Überlegtheit, Wohlgewissen und Sich-gegenseitig-bis-ins-Innerste-Verstehn? Ich habe sie geschaffen um der Schönheit willen, die sie in sich selbst verströmt und die ein Zeichen dessen ist, was, mit Gedanken-schärfe und holdseligen Gefühlen ausgestattet, möglich ist in Meiner Virtuosität und wachen Geistesgegenwart im Wunderbaren.

1.2
Als Retter zu kommen im Weltengewichte und Weltengedichte ist wahrhaft erhaben und lichtvoll und ausnehmend schön. Ich bringe den Sonnenglanz wieder ins Harren der Herzen und lösche das Weh des Verlorenseins in den Weiten und Breiten des kosmisch genannten, bekannten Geschehns. Der Tross Meines Wirkens weht sich behend an den düster gewordenen Erdkreis heran und erhellt die Gemüter, die darbend und sehnend im Finsteren liegen. Das strahlende Geistesgelübde bringt Segen und Tugend, unsterbliche Jugend und Lebenserwartung ins taufrische Spiel. Die Seele der Welten gebiert sich ins kärglich und kläglich

Gewordne und schmiegt sich dem Lauschenden, Offenen, Herzlichen an, den Frust zu besiegen.

Dem Epos erwächst Gnade in Fülle. Aus überströmenden Herzensschalen trinke dich satt von der Botschaft. Beginne den Duft ihrer Worte zu lieben und sei von dem Licht, das Ich sende, gestärkt und auf sicherem Kurse gehalten. Erwache! In deinen Bereichen schlummern Generationen der Auferstehung entgegen ins klare Bewusstsein von dem, was sie sind, reinen Gewissens im Morgengeläute heroischen Wohlgeratens.

Aussen wie innen ist ihre Gebärde gezeichnet vom Wohl, das sie staunend erleben. Es singen die Herzen ihr Lied im Verein mit den Weisen, die soviele Gaben des Himmels erkannt und errungen haben. Gross ist ihr Wille geworden, durch ihre Adern muss Götterblut strömen, ihr Sein bleibt ihr Sein, für alle gespendet; Anmut und Tugend erstrahlen in ihrem Gefolge und heben das Menschengut siegend zur ewigen Güte empor.

Du willst und du kannst, von Meinen Schwingen wie von Meinem Schwung durchs Ätherreich getragen. Du eroberst dir Reiche des Glücks und des Gutseins, der Alabasterreine des Herzens und der Liebe zu allem, was ist und was Ich dir schauend und trauend, gewaltig entbiete.

1.3

Irregulär zu handeln ist bei dem, was Ich Mir Bin, ein Unding, denn Ich kann nicht auf dasselbe Ziel gerichtet vor- und zugleich rückwärts laufen. Du aber leistest dir, was niemand sinnvoll finden würde, noch und noch, indem du für dasselbe einmal so und wieder gegenteilig operierst, ganz nach Belieben.

Hast du einen Masterplan für dich gewonnen, sollst du auch nach diesem treulich fürbass gehn. Mehrfachgewinne sind nicht einzustreichen, sondern denen gutzuschreiben, die sie wirklich brauchen können. Wem willst du schliesslich Gutes tun: nur um dich von der Welt zu isolieren oder eher, um Mich darin zu finden? Du lästerst Meine Grösse, wenn du dich selbst dem Unscheinbarsten seelenlos entziehst. Es hat dir zugewunken und du hast es schmählich übergangen.

Wessen Diener willst du sein, des Mammons in der Manteltasche oder der gottseligen Obrigkeit in Herzensgründen? Bin Ich dein Licht, dein Wahrheitswille und das Einzige, das dir Unendliches und Unerhörtes bieten kann? sollst du dich fragen und dich je nach der Antwort auf die Socken machen, um das zu erreichen, was Ich will und was dein Wille ist im heimlichsten Juhee.

Es klären sich die Himmel deiner Welt und lassen süsse, seelenvolle Farbe blinken. Dein Mütlein ist gebrochen und die Macht des Sonnenglutens tritt hervor, allüberall das Heil, die Gottesherrlichkeit und die Erhabenheit des Seins zu zeugen. Sieh Mich in dir und dich in Mir und sei, damit du dich im Jetzt Erlöster und Glückseliger nennen kannst auf grünen Auen, als im Wunderland der geistigen Beweglichkeit und Sitte, der Tonart der Vernunft, wie der balsamischen Verklärtheit in der Harmonie Elysiens. Fraternità im Weltenschoss, den Ich bewohne, Bruderschaft mit den unendlichen Gezeiten, die da seinsgewaltig durcheinanderwogen. Bestimmtheit mag Ich in den schöpferkräftigen Sentenzen, die im lebendig Strahlenden ihr wesenhaftes Territorium und ihren Aufwall finden.

Selbstbewusstheit im natürlichen Gewoge ist Mir eigen, ebenso wie penetrante Klarsicht im Allüberall der stolzen Bastion, die Ich Mir aus seinsprofunder Überlegenheit errichtet habe. Glockenrein klingt, was gebieterisch heranschwillt, in die Lebensräume, die Ich Mir zum Sein und Sichten, Regulieren und Gewichten hurtig eingerichtet habe. Was schon immer war bezeugt, was von ihm auferstanden ist - und wieder ins Verfallen driftet in den Götterregionen, die dezent und radikal, gewissenhaft und taubentänzerisch in eins verflochten sind.

Alle Netten und Pompösen, Komplizierten, Nützlichen, Saluten, Faiblen und von Haus aus Resoluten tragen dazu bei, ein sagenhaftes Resümee und Weltenepos darzustellen, dem die eingefleischesten Statisten, wie die seelenvollen Meister ihres Fachs, aufs Untertänigste zu dienen haben.

Im Wesensgrunde bist auch du vollends zu dem verpflichtet, was Ich will, indem dein Freiseins siebenselige Allüre Meine ist selbander mit den auserlesensten Schikanen, die da sind: Verbriefte Kennerschaft im fortgesetzt verwandelten Kreieren neuer Räte wie Impulse, die das Ganze vorwärts treiben und im Stand unendlicher Beweglichkeit und Kühnheit, Sachlichkeit und Grazie halten. Das sei Mir zu Ehren und dem Grandiosen dienlich, das Ich konsequent und zielbewusst, selbstsicher und erhaben angezettelt habe.

Lust auf immer mehr hat Mich beschlichen, doch aus Gründen des Mich-feierlich-Erholens trete Ich in den Myriaden satt pulsierender Errungenschaften ruhigen Gewissens vor Mich selber hin und schaffe Einhalt, Sanftmut, überschauende Glückseligkeit und Herzbewegtheit, Minne des Gerechtseins an Mir selbst, sowie umfassend deklarierten, wonnevollen Frieden.

1.4

Freesurf ist in Meinen Angeboten riesengross geschrieben. Du bedienst dich Meiner, wie in einem Raritätenladen, ungeniert und häufig und ergatterst dir ein ausgezeichnet buntes Resümee von Preziosen. Diese sind in Meinem Geiste gross-gezogen und verbreiten einen wundersamen Duft von Frische, Sagenhaftigkeit und Rosenblätter-Leuchten.

Was Ich dir biete, ist beileibe nicht banal. Es ist ein Katalog von reinen Qualitäten, an die erste Stelle hingeschrieben, und was du dir davon erwirbst, verwandelt dich in einen Taumel der Glückseligkeit und Wonne ohnegleichen. Nur musst du dich in Meine Lage und Mein göttliches Statut versetzen, um beizeiten als ein Fürst des freien Willens dazustehn und dich dementsprechend grandios und taubentänzerisch zu fühlen.

Deswegen ist es dir ganz einerlei, in welchem Milieu du dich im Lebenstanze hin und her und rundherum bewegst. Du badest dich im Odem Meiner Grazie von Himmels Gnaden und von einer Süsse, die besticht wie dich keine noch so scharfe Droge je bestechen könnte. Meine Werte sind nicht jovial, sie stilisieren dich zu einem Gentleman, respektiv zu einer Lady von unendlichem Format, die präsentieren glaubhaft und beglückend, was Ich meine. Immer ist in Meinen Äusserungen das erhabene und völlig unbekümmerte Gewissen mit im Spiel, mit dem Ich Mich durch alle Büsche und Verwerfungen, Betrügereien und gemeine Wider-stände schlage. Mir kann da nichts Drakonisches geschehn, weil Ich im Nu durchschauen kann, von wem sie kommen und für was sie gut sind in des Lebens Variantenfahren. Schliesslich sind sie allesamt von Mir und Meinem Weisesein ein Zeichen reiner Güte am Geschick, das Mir allüberall beschieden. Sanft führt es und rigoros, bezaubernd -und befremdend- weit über Mich hinaus und löst Mich unfehlbar von Meinen Festgefahrenheiten. Willst du sagen, dass das nicht seinen Charme besitzt wie die Brillanz von blitzenden und feuersprühend aufgemachten Preziosen? Sie sind alle dein, sofern du nur gelernt hast, richtig hinzuschauen und dich ihrer zu bedienen als probates Mittel des Verführens in des Lebens buntgeschecktem Tal.

Kraule dich in diesem Sinne hinter beiden Ohren und geniesse tunlichst, was du Bist als Sohn und Tochter Meiner Souveränität, wie als Verbündete mit Mir und Meinem Hofstaat von wahrhaftigen Notablen. Glanz vom Glanze darfst du sein, Licht vom Lichterscheinen, das Ich allem Bin, was ist und sich voll Anmut und Entschiedenheit, Verklärtheit und Entzücken durch Meinen unermessnen Geistesraum bewegt.

1.5
Was einschlief, muss von Mir beizeiten auferweckt und weiter, immer weiter durch gewaltige Gebirge, Öden, terrassierte Gärten und erblühende Natürlichkeit geleitet werden. Dich mag's erstaunen, wie viel divergierende und faszinierende, erbauliche und krisenhafte Wege dir beschieden sind an Meiner Hand und Hoheit zu durchschreiten, ohne dass sich je der Ausblick auf ein Ende vor dem Wanderer enthüllt. Und dennoch wird von Mir zur Zuversicht und Willensstärke, Wachheit und Geduld geraten, denn wie lang der Weg auch sein mag, wirst du auf ihm immer neue Werte und Gediegenheiten, Wohlbekömmlichkeiten und Akzente akquirieren. Es geht von Meiner grünen, kühnen Seite unerhörte Geltung aus und

sagenhaftes Weisesein, die dich wie Honigsüsse und geriebenen Salbei vorzüglich nähren. Unter solcher Hut gedeihen auserlesene Gedanken, die vom Mickrigen und Minikrimen wohlgemut aufs überwältigende Ganze gehn.

Eine Weltschau ist dir dann beschieden von gewaltiger Rendite und Gewähr für Fortschritt, Heiterkeit, Gelassenheit und stetes Prosperieren. Du erscheinst dir wie erwacht aus jahrelangem Träumen und geniessest, was dir blüht, in vollen, runden Zügen. Ja, es lohnte sich, nicht aufzugeben und den meisterhaften Weisungen gemäss zu laborieren, sagst du zärtlich vor dich hin und wendest dich Mir zu als existierender und tatenträchtiger Gespan. Selbander treten wir zum Gleichnis der Vereinigung mit allem, was da ist, begeistert an und lassen unser Sein und Sinnen, Trachten und Erleben frohgemut durch alle Himmel fahren. Dein ist Mein und Mein ist dein, verkünden wir voll Verve und Überzeugung und verwerten so, was wir uns sind, in glückerfülltem und manier-lichem, erhabenem und liebenswertem Uns-durch-alle-Fährnisse-in-wunderbar-gesättigte,-unend-liche-und-lichterfüllte-Weiten-Tragen.

1.6

Wer will nicht mit Mir tauschen und sich am wahren Sein berauschen in der Mitternacht der Lebenstage, die ihm eigen. Bin Ich Mir der Mainstream aller Dinge, die da sind und sich gehörig voneinander unterscheiden, lässt sich im selben Atemzug von Mir auch sagen, dass Mein Metier sich ohne jeden Zweifel in das Allüberall des Seins ergiesst, in welchem Ich Mich wonnestrahlend bade. Was hat das denn mit mir zu tun, wirst du dich augenreibend fragen? Alles, sag' Ich dir. Wenn es dir auch nur in selt'nen Fällen offenbar ist, jagen sich die Tage, wie die Hunde Hasen, voreinander her, die dir bestimmt sind, deine Künste kühn, glaubwürdig und gehörig auszuleben. Ihnen aber ist gemein, dass jede noch so filigrane und durchtriebene Nuance Meinem Triebwerk und Gewitter, Milieu und Masterplan entspringt in wachem Über-Mich-Verfügen. "Göttliches in Mir", muss sich dein Wechselbalg beständig wiederholen, bis er's weiss im Seelengrunde und mit der Bestimmtheit, wie in jedem Tag die Sonne Licht und Morgenröte, Mittagsruh und abenddämmerliche Stille offeriert, sie freudig zu geniessen.

Das Bedeutendste, was Ich dir aus der Fülle Meines Seinsbegreifens schenken kann, ist das Bewusstsein, dass du Bist ein Ausbund der Unendlichkeit und eine Saga geisteswissenschaftlichen und fabulösen Wohlgeratens. Mein Minnesang auf allen Daseinsfeldern lässt dich sehnlich grüssen im Verlangen, deinem anzuhangen bis zum Gehtnichtmehr. Diese Wahrheit wissend, wirst du wie von einem Taumel der Bedeutungslosigkeit, des Unmuts und der niederen Gelüste auferstehn zu einer Lebenslustigkeit auf freier Geisteswildbahn und Bedeutsamkeit, die ihresgleichen suchen. Mit Respekt vor Mir gewappnet, wirst du allen anderen Gebietern ungeniert und frank und frei und lustig gegenübertreten, um sie hurtig auszuhebeln aus der Überschwänglichkeit, mit der sie gegenüber dir agieren. Meine Grille bist du, Mein Gespür und Mein holdseliges Erlangen, wenn dir die Stunde schlägt der Aufgeklärtheit über dies und das, trotz deiner Unbeholfenheit, bestimmt und seinsgerecht zu reagieren.

Selig in dich selbst gegossen, wirst du Meinem Guss aufs Lieblichste und Überzeugendste voll

Grazie gleichen und dich bei Mir für so viel Ehre und Natürlichkeit, Holdseligkeit und Hingegebenheit aufs Zärtlichste bedanken. Denn die Gleichung lautet: Seinsidentität in jeder Faser deines sprossenden Gewissens und Genügsamkeit von Du zu Du im gütestrahlenden Allwesen.

1.7

Getriebener und Treibender bist du in Meinem Kabinett der ehrenvollen Taten. Es steht dir prächtig an, wenn du begreifst, wie in der Unbekümmertheit der menschlichen Illusionen nur allzu vieles noch ins Leere läuft, das heisst, ins Jenseits von all dem, was du dir von der Superaktion versprochen hattest. Erst im Nachhinein wird dir bewusst, wie sehr noch andre Kräfte als die deinen figalant am Werke waren, um ihren Eigenwillen einem gloriosen Ende zuzuführen.

Du gibst dich aus wie ein sich selbst verduftendes Parfum und merkst nicht, wem es dienlich ist im Ganzen Meiner überragenden und sakrosankten Dispositionen. Hältst du dir jedoch vor Augen, dass es immer Mir und Meinem eklatanten Fortschritt in der Weltgemeinschaft dienen muss, so wirst du selbst auf penetrante Unbequemlichkeiten positiv, mitfühlend und gelassen reagieren.

Es ist ein wahres Glück, wenn eine Seele sich an das Vertrauen schmiegt, das in den Höhen himmlischer Regie nach dem Gesetz der Weisheit mit geregelten und rechten Dingen zu und her geht, taufrisch und gediegen. Selbst das Malheur, das du produzierst, gereicht dir noch zum Guten, wenn es dir auch manche Träne kostet im burlesken Navigieren.

Schwindelst du, so schwindet das Vertrauen auf die Hilfe höherer Mächte, wie gescholznes Eis, dahin. Du schmorst im eigenen Safte allsolange, bis du einsiehst, dass es ohne Mich nicht weitergeht im wohlgesetzten Lebensströmen. Ist es dir jedoch vergönnt, dein Faible einzusehn und, wie die Traube an der Staude, ganz Mir anzuhangen, ist dir schon geholfen und die Dinge Meines Wirkens offenbaren sich vor deinem staunenden Erfahren. Heil ist alles, und die Heiligung der Welt geht Schritt um Schritt voran, vor allem bei den Wankelmütigen, die Meiner Führung noch bedürfen.

Ich Bin es nicht und Bin es doch im Rund der Vielen, denen Ich Gefährte, Vetter, Vater und Erfüller bin. Das bewegt Mich dazu, überall Vollendung, Fabelhaftigkeit und Generosität zu suchen.

Innen aber habe Ich sie längst gefunden und verehre Mir holdseliges Geflüster namenloser Zärtlichkeit am Sein und Weben, Wirken und im Geistraum wunderbarerweise, trefflich, liebevoll als Lichtbegnadeter verweilen.

1.7

Trophäen bringt nach Hause, wer sein Handwerk wie kein anderer versteht und ihm das Allerletzte, Strahlendste und Meisterlichste abzuringen weiss im Festival der schicklichen Kanonen. Hast du je auf einem Meiner Häupter, Häuptlinge und Sach-verständigen von Gottes Gnaden solchen Schmuck gesehn? Nee, nee, das wäre Lästerung des Absoluten, das Ich Bin in den Gesandten reinen Fortschritts und bewundernswerten Equilibriums, denn bei Mir ist das Perfekte selbstverständlich und braucht niemals extra herausgestrichen und gelobt zu werden.

Wie Meine Lebensdinge liegen, ist ihr Renommee so silberglänzend und bedeutend, dass sich alle wundern müssen über das Geniale und Erfindungsstarke, das in ihnen liegt und lodert und des Gottes Künste, Kapriolen und Vermächtnisse aufs Allerbeste offenbart.

Nun will Ich dir von Mir ein Meisterstücklein präsentieren, das keiner von den noch so honorablen und verdienten Sapperlote im Familienkreis der Hochbegabten auch nur ansatzweise zu erfüllen wüsste. Das verhält sich so: Ich zentriere die erhabenen Gedanken auf das Wunderbare, das aus ihrer Macht und Süsse, Ausgewogenheit und Majestät entstehen soll so intensiv und lange auf das Wirkliche, das sie sich selbst bedeuten, bis sie auch im Sinnenreich akut und sichtbar werden. Das aber macht Mir keiner nach und keinem von den Sterblichen, Notablen und Hochbrüstigen wird es je gelingen, auch nur ein einzigen Mückleins sirrendes Gepränge zu kopieren, geschweige denn zu generieren, ohne Vorbild und Standarte. Ich aber Bin Mir selbst das trefflichste Idol der Wirksamkeit im wachen Weltgetriebe. Mein Bewusstsein schiesst von Fall zu Fall ins Wirkliche empor und offenbart darin die weisesten, entzückendsten und sagenhaftesten Kreationen. Damit will Ich in Kürze resümieren: In dir vermagst du nichts, was nicht zerfällt. In Mir vermagst du alles, weil Ich dich am Gängelband des Guten führe und im Seinsbeglücken deiner wahren Fülle Andacht und Bereiter bin in nie verebbender Grandezza, Geistesgüte, Nonchalance und herzlicher Verbindlichkeit im Wunderbaren.

1.8
Wie viele Generationen deines Menschentums und Inkarnierens müssen wohl verstreichen, bis sich dein erkennendes Bewusstsein eleganterweis in

Meine Höhn erhoben hat, um in den Göttersphären Seinssalut und Gottesebenbürtigkeit zu demonstrieren. Was du Bist, ist Mir schon immer offenbar gewesen, derweil es dir so lange noch verschlossen bleibt, bis du das Illusorische, in dem du lebst und webst, durchschaut hast, geistesgegenwärtig, um damit dein wahres Sein, sowie den Status der Allherrlichkeit und immanenten Wohlfahrt zu begründen.

Unwissentlich verschacherst du die Geisteswerte, die Ich dir mitten auf den Weg gegeben, um dafür dem Mammon anzuhangen, der dich mächtig lockt und dir die Macht verleiht, dein Umfeld zu beherrschen in der Tage tragikkomischem Verwehn. Wie viel selbstgeschaffnes Leiden musst du noch erfahren, bis die Einsicht in die wahren Werte dir die Kraft verleiht, allein Mir anzuhangen in den aufgewühlten Wesenstiefen. Dann wird dich Frieden der Gerechten überkommen, lächelndes Begüten deiner Situation und Wohlgeborgenheit in Meinen Sphären.

Seinsdynamik will Ich nennen, was dir frommt wie keine andre, noch so vielversprechend dargestellte Disziplin, denn was nützen dir die goldenen Gespinste und die Fangkraft, die sie dir bereiten, wenn sie deiner Eigenart nur allzu rasch entschwinden und dem Übel Vorschub leisten, statt dem allerliebsten Seelenwohl.

Ich Bin der segenspendende Pilaster, der dich alleweil erträgt und dir die Chance bietet, an dir selber innig zu genesen. Gutheit leuchtet auf und Wohlbefinden in dem Weltkreis, den du dir erschufst. Vergessen ist, was dich vordem durchwirkte und die blanke Fröhlichkeit, die dich beseelt, verrät den Zauber, den Ich wirke, dich befruchtend, stählend und zum Überirdischen erwählend, dem Ich Mich schon längst mit Haut und

Haar, mit allen Rechten und Gewissenhaftigkeiten hell und klar und lieb und zart verschrieben habe.

1.9

Gelingt es dir, das festlich aufgewachte Lebensprovisorium feierlich und frohgemut voran-zubringen, ist es geradewegs Mir zuzuschreiben, denn aller Gründe Grund für dein Dich-selbst-Erhalten-und-Verwalten kommt von Mir und Meiner Obsession, dich nach aller Künste Regel durchzubringen bis zum ehrenvollen Siegespol. Deine mannigfachen Egoismen sind dem Weltenganzen, das Ich vehement und liebevoll vertrete, kurioserweis zuwider, denn sie schaffen Feindschaft, Trug und Anarchie en masse statt Friedfertigkeit und zärtliches Zusammenhalten.

Nun gilt es, wahre Einsicht zu gestalten in das gottbegnadete System, aus dem die schönsten Lebensfrüchte sich ergeben. Sind des Menschen sprudelnde Gedanken und Gefühle auf das Wohlbekömmliche der ganzen gottbegnadeten Gemeinde ausgerichtet, währschaft, liebelicht und schön, wird niemand weder Mangel, Krankheit oder andre Not zu leiden haben in der langgedehnten Lebensprozedur.

Zwar liegen die Prinzipien der Wohlfahrt aller wachsenden Geschöpfe offen einsichtbar vor aller Augen, doch die Dumpfheit, Einsichtslosigkeit und Narretei der herrschenden Gemüter hebt die Rechnung hin zum Guten auf und heimst den Vorschuss ein, den Ich für alle ausgegeben.

Also setze Ich den Hebel an bei der allgütigen und redlichen, gestrengen und verbindlichen Belehrung, dass im Grunde alles, was da ist, Mir ganz allein gehört und dir verliehen ist als milde, herzensgute Gottesgabe. Siehst du das nach Kräften ein, erheben sich in dir die Geister der Erhabenheit und Gottgefälligkeit, des rigorosen Sich-Verschenkens und Fürs-Allerbeste-sich-Verwendens in der liebevollen Tat. Das ist dann Meinem Epos und Verlangen ebenbürtig und wird gern und aufs Entschiedenste belohnt mit höherer Bewusstheit, Wohlgewissen und Glückseligkeit im taten-drängenden Agieren.

Zeichne dich in dieser Hinsicht aus, berufe dich auf was Ich Bin in allen deinen Gütern und versinke in die Andacht vor dem Einen, das da ist und fliesst und sprudelt, lacht und singt und seinen Einfluss geltend macht seit eh und je, dem Unergründlichen verschrieben.

1.10

Zwar liegen die Prinzipien der Wohlfahrt aller wachsenden Geschöpfe offen einsichtbar vor aller Augen, doch die Dumpfheit, Einsichtslosigkeit und Narretei der herrschenden Gemüter hebt die Rechnung hin zum Guten auf und heimst den Vorschuss ein, den Ich für alle generös dahin-gegeben.

All so setze Ich den Hebel an bei der allgütigen und redlichen, gestrengen und verbindlichen Belehrung, dass im Grunde alles, was da ist, Mir ganz allein gehört und dir verliehen ist als milde herzensgute Gottesgabe. Siehst du das nach Kräften ein, erheben sich in dir die Geister der Erhabenheit und Gottgefälligkeit, des rigorosen Sich-Verschenkens, wie fürs allerbeste Sich-Verwenden in der liebevollen Tat. Das ist dann Meinem Epos und Verlangen ebenbürtig und wird aufs Entschiedenste belohnt mit höherer Bewusstheit, Wohlgewissen und Glückseligkeit im tatendrängenden Agieren.

Zeichne dich in dieser Hinsicht aus. Berufe dich auf was Ich Bin in allen deinen Gütern und versinke in die Andacht vor dem Einen, das da ist und fliesst und sprudelt, lacht und singt und seinen Einfluss geltend macht, seit eh und je, dem Unergründlichen verschrieben.

1.11

Ungeborenheit ist Geistesstärke von Format, in die Ich Mich voll Verve gegossen habe. Belehrung und Ermahnung trag' Ich Meinen Schützlingen zuhauf entgegen, damit sie auf dem Erdenplan im Auf und Ab der Wogenei gehörig reüssieren können. Du warst einer von den ihren und bist es immer noch. Dein Unbewusstes hält die köstlichen Sentenzen alleweil in sich verborgen, um dich ein lebelang mit wunderbarer Folgerichtigkeit durch ihren Glanz zu führen.

Es wägen dich, es prägen dich die Geister der Entschiedenheit zu dem, was du dir sein willst und befruchten deine fluktuierenden Gedanken aufs Entschiedenste zu deiner ausgesprochnen Wohlfahrt, wie zum Gedeihen deiner Pläne im gewaltigen Allhier.

Da ist es dir von eminenter Nützlichkeit, das Lauschen zu erlernen auf ihr Wort und es auch zu befolgen, damit kein Fehltritt deiner Karriere Frust und Schaden bringe. Dazu Bin Ich Aufstieg und Erbarmen an Mir selbst in deinen Seelengründen. Machst du's recht, so hast du Mir ein Rechtes angetan; versagst du, ist es auch Mein klägliches Versagen. So bedingen sich die Weltendinge immerzu in ihrem Anspruch und Behagen.

Hast du dich eingelassen, lass' Ich dich auch ein und leihe dir Mein Reich der Unerschöpflichkeit und Harmonie zum Aufenthalte, Löschen deiner

Wissbegier, Richtwert, Lichtwert und herzinnigen Behagen.

1.12

In Meinem Fall bedeutet Sendung: Die Verwendung als ein Herold höherer Prinzipien in liebelichten Göttersphären. Ich rege an, was in der Regsamkeit der Elemente zu erscheinen hat im Weltenbunde und verblüffe die gelehrtesten Doktoren ihrer Zeit mit auserlesnen Wendungen und Wirkungen vor Ort, die alles in den Schatten stellen, was sie bisher als erstaunlich angesehn.

Nun ist es an der Zeit, dass sich die Fähigsten der denkenden Elite mit dem Phänomen befassen, dass gar vieles, was geschieht, mit dem wissenschaftlichen Verstande nicht zu klären ist und deshalb in das Reich des Glaubens und Vermutens abgeschoben wird mit unreellen Hintergründlichkeiten. Und gerade diese Gegensätzlichkeit wird von Mir aufgegriffen und als Gegenstand der innigen Erfahrung präsentiert, die sich schlussends als wirklicher erweist als alle von Vergänglichkeit befallenen Experimente.

Was Ich aus Erfahrung, Selbsterkenntnis und innigem Beschauen weiss, hat ewigen Charakter und überflügelt damit alles Irdische und Unbeständige bei weitem. Was Ich Bin, das kann Mir niemand nehmen. Was Ich leiste, liegt seit Urzeit in dem Geistgebiet, von dem die Resonanzbedürftigen nur kläglich träumen können.

Mein Reich ist von der Sicherheit beseelt, in der Ich Bin und wese. Das Vertrauen in Mich selbst ist unerschütterlich, urgründig und erhaben über alles Zweifelhafte und mit Sicherheit Vergängliche im All der Welten. Geschaffenes vergeht, das Gottgesegnete besteht und lässt sich die Holdseligkeit des Ewigen und Unerschütterlichen, Liebevollen und Beseelten wohl gefallen.

1.13

Versuche nicht, Mich rational zu fassen, lieber Gast an Meinem Richtbaum, denn daraus entsteht nur Missverständnis und Verwirrung in den wissenschaftlichen Gemütern. Vor Mir kannst du dich nicht blamieren, wenn du ein tief verborgenes Geheimnis nicht zu lösen weisst. Ich will es dir mit Schmiss und Charme gehörig offenbaren, weil Ich alles weiss, was ist und was die Sterne selbst bewegt in ihrem unermesslichen Rotieren.

Am Baum der Hoffnung auf ein Besseres hast du dich aufgehangen und hast dir aus vielen weltlichen Bezirken Niederträchtiges anhängt. Dem will Ich Mein geniales, rituales und bekömmliches Kompendium entgegensetzen, das aus wundervollen Geistestiefen schöpft und allem Langen liebevolle Stillung bietet in den Sphären Meiner Generalität. Offenherzig sei Mir gegenüber im Bestreben, Meiner Weisheit, Virtuosität und Meinem Wohllaut bei dir Einlass zu gewähren. Dann stimmt für dich die Welt, so wie sie sich dir anerbietet und das Herz zur Lebensfreude und Begeisterung bewegt.

Weise sein heisst, sich die eigne Unbeholfenheit und Torheit zu gestehn und demnach nur auf Meine Deutung und Entschiedenheit zu bauen. Gottesfurcht und Minne sind im Grund bezaubernd licht und schön und sollen hoch verehrt, gepflegt und von dir weidlich angewendet werden. Das allein bringt Ruhe und Gelassenheit in dein Gewissen und vermählt dich mit des Seins Bewandtnis und Erfolg in allen Breitengraden. Du reüssierst, weil Ich in dir voll Eifer reüssiere und verwandelst dich ob Meiner

Grazie in eine graziöse Entität, an der die Erdenbürger, wie die Himmlischen, ihr Hochgebet und ihre liebestraute Herzensfreude finden.

1.14

Egal ist, was sich in der Welt ereignet, Kamerad, wenn du nur deine Rechte still devot dazu verwendest, Mir zu dienen mit der Länge deines Halses wie mit jedem Wort, das dir daraus ersteht. Taufrisch soll deine Rede sein, aus Mir geboren und für dich erkoren, um der Welt zu zeigen, wie gewandt und silberhell, gutmütig und galant Ich unablässig operiere. Mit aufgeschlagnen Augenwimpern soll dein Seelenblick in Meine Weiten schweifen, um der Kräfte und Kaprizen Meiner Provenienz gewahr zu werden. Da enthüllt sich dir ein dicht geschlagenes Gewebe von Verbindlichkeiten zwischen allen Wesen, die da sind und sich bis in das Reich der Sterne tatenfroh und liebelicht erheben.

Es dämmert mit des Morgens Glanz auch deines Seins Bewusstseinsstrategie, um dich mit Andacht und Gewissenhaftigkeit, Eleganz und Energie durchs Tagewerk zu dirigieren. Dein Wille ist mit wunderbar geschniegelter Entschiedenheit mit Meinem feierlich liiert, um Meine Ansicht, Genialität, Kapazität und Flinkheit in die Menschenwelt zu tragen. Du gehörst nicht dir allein in deiner Quadratur des Kreises, wie in deiner Unbeholfenheit, die ohne jedes Wenn und Aber schnurstracks zu Mir führen. Da heiss' Ich dich aufs Zärtlichste willkommen als Mein seelenvolles Angebinde in des Geistreichs Grazie und Souveränität. Es zeigt sich dir ein Schatten von unnennbar süsser Seinsdoktrin, wie von der delikatesten Erhabenheit, die Götter in sich tragen.

Weide dich am Anblick ihrer Kompetenz und Liebenswürdigkeit, will Ich dir sagen und vergleiche dich getrost mit ihnen in der Stunde der Verklärung, die dich heiligt und erhebt, gesundet, rundet und mit Meinem Reichtum segnet.

Du bist, geprägt, gestempelt und zu Meinem Universenwert erhoben durch dein Sein und bist gehalten und von Mir darin bestärkt, es nimmermehr zu leugnen. Denn jede deiner noch so fantasiegeladenen Geschichten endet ohne jeden Aufschub und Verzug unweigerlich in Mir und Meinem unermesslich dargestellten Seinsgeschichten-Pool.

Das ist die Wahrheit, die Ich redlich und gewissenhaft verkünde, um dein Dasein aufzuhellen und mit Werten zu versehen, die sich ohne Weiteres mit Meinen Schöpferqualitäten und Erfindungen vergleichen lassen. Bade dich in ihnen und verleih dir Menschen-Gottes-Würde aus Erkenntnis und Genie, Seinsbewusstheit wie ereignisvoller Zärtlichkeit in Mir.

1.15
Sanssouci, die gängige Parole für dein Sein in Mir und Meinen Myriaden Dinglichkeiten, ohne jeden Vorbehalt im Freudenlicht gesehn. Du spielst dich nicht mehr auf, derweil Ich lässig mit dir Lebensspiele spiele. Du siehst dich ungemein gefordert, forderst aber für dich selber nichts und gehst dafür als ein von Mir Gesegneter dahin.

Es geht nicht an zu richten, ob solches Tun im Sinn der weltlichen Usanz vernünftig sei, denn von höherer Warte aus betrachtet ist es die Natürlichkeit an sich, in die Ich Meine kühnste Hoffnung auf Gelingen lege. Weisst du dich in jede Seinsgemeinschaft und Errungenschaft gebettet, ist es dir aufs Innigste plausibel, dass das eine sich zum anderen voll Mitgefühl und liebevoller Helferwilligkeit verhält, zum Nutzen aller wie zur Förderung intimer Sorgenlosigkeit in Meinen Breitengraden. Willst du, so strebe unablässig diesem Ideal entgegen, denn es ist von göttlicher Brisanz und Eleganz durchzogen. In Meinen Zyklen und Verzierungen, Auseinandersetzungen und Voten tut sich niemand weh, denn der Duktus der Gespräche und Entscheidungen ist auf das eine nur gerichtet, das da heisst: Es sei, wie es die Allerhöchsten wünschen, die da sind und sich den Geistraum friedfertig und bewusst, zutiefst vernünftig, graziös und redlich teilen. Gerade diese Würde macht Mich liebenswert und über alles tüchtig und erhaben. Schliesst du dich voll Eifer und Ergebung, Minne und Manierlichkeit Mir an, so kann Ich dich von jedem noch so penetranten Wahn gezielt erlösen. Du schaffst es, Meinem Hort und Hofe zu gehören und in Meiner Freundlichkeit und Fabelhaftigkeit voll Wonne, Harmonie und Selbstverständlichkeit zu ruhn. Die Zeitenlosigkeit erfüllt dein Sein und Meine Fülle, Licht vom Lichte hüllt dich ein und eine nie gekannte Frömmigkeit ist dein herzinniges Erlaben.

1.16
Kapitell der Hoffnung auf getragenere Zeiten sollst du werden im Verein mit Meinen Riesenkräften im Allhier. Was wahre Kenner sind, wird sich geradewegs an dir erweisen wie an Meinem Aufstand in den Kammern deines Herzens. Glanzvoll, gläubig und loyal überall, wo Ich erkannt und hundertfältig ausgetragen werde, reifen die Geschlechter an sich selbst und bilden eine Einheit zwischen dem was wirkt und dem Gewirkten.

Leistungsstark und edel werden alle menschlichen Gemüter, die sich mitten in der Gotteswelt agieren sehn. Für ihre hocherhabenen Begriffe herrschen. Ordnung, Generosität und Tauglichkeit im Riesenrad der Evolutionen, von den Göttern angetrieben und von denen recht verstanden, die hehre Geisteskraft hinter allem Wachsen und Gedeihen konstatieren.

Du hast willig, nillig dein bemerkenswertes Scherflein beizutragen zum Gelingen Meiner planerischen Akrobatik und Synthese in der Landschaft der Gerechten Gottes, die in ihrer Haltung und Gewissenhaftigkeit, Verehrung und Symbiose zu Mir auferstanden sind, behutsam, zielbewusst und morgenschön.

Was hab' Ich doch um dich gelitten und gestritten, Menschenhaupt und -seele, bis du Tritt und Schritt gefasst hast in den Meinen, um das Werk der Myriaden, liebevoll und heiter, glühend vor Begeisterung und guten Mutes, einem sagenhaften Ende zuzuführen. Ich allein mag, über Zeiten und Gelegenheiten, was Ich intendierte, scharfen Blicks zu überschauen, um dem Werdenden in Redlichkeit und Trautheit, delikatem Duktus und Gewinst den letzten Schliff und Anhang zu verpassen. Merk dir das und merke auf, wenn Ich dir voller Güte sage: Du magst noch so unvollkommen sein, an deinem guten Willen hängt das Weiterschreitende, in Meiner Wohlfahrt und Tabelle mit den Häklein Gut und Besser, Gütig und Bewundernswert, beglückend vor dich hingezogen.

Dienst am Ganzen macht dich fein und froh und gewährt dir Herzensruhe im Vereinen mit der Meisterschaft an sich und mit dem Sein, das dir in Fülle ist dahingegeben. Richte nicht, doch sieh' zum Rechten in dir selbst und du bist in Mir geradewegs wie neugeboren. Trage Mir Vertrauen und

Verbindlichkeit, Weitsicht und Relieve entgegen und Ich will sie dir erwidern und vergelten tausendfach in einem silberhellen Freudenmeer, wo Morgenstille herrscht und freudiges Erwarten, namenlose Seligkeit und Aufgeschlossenheit für alles Kommende im Strahlenlicht der Gottnatur.

1.17

Haarscharf scheinen dir die beiden Welten hier getrennt zu sein, obwohl dir recht bewusst ist, dass sie existieren. Dennoch gilt es, dir die unsichtbare, andere, wie Brot und Wein präsent zu machen, dass sie dir im seinswahrhaftigen Gedankenleben zum Begriff wird, den dir niemand aus dem Felde schlagen kann. Geisteskräfte sind nun einmal Wirklichkeiten, die vom einen bis zum andern Ende kosmischen Begreifens reichen. Über alles hin sind ihre Hände mit im Spiel und ihre kapitalen Leistungen sind zweifellos das A und O lebendigen Lebens, seelenhaft gesehn. Das Feste wird belebt ganz ohne für sich selbst gehörigen Bestand zu haben. Das sei von deiner Seite aus gesehn das Wahre, wenn auch in höherem Sinn Materie von einem Geistfluss feinster Art gebildet und getragen wird seit Ewigkeiten.

Du sollst dich als ein Wesen übersinnlicher Natur erkennen und deine weiteren Betrachtungen auf diese Einsicht bauen, denn sie hält dir das Unsterbliche vor Augen, dessen du teilhaftig bist in allen deinen Wundern.

Trägst du dies durch Jahr und Tag mit dir herum in deinem strahlenden Gemüte, bist du wie verwandelt, was dein Menschliches betrifft, denn du wirst dir inniglich gewahr, dass es allgöttlich ist geworden. Meine Spuren offenbaren sich vor dir und lassen deine Seelenkräfte Freuden tanzen. Das ist nun das Ersehnte, licht und wahr und mündet in den Jubel der Gerechtgewordenen vor ihres Herren überwältigendem Thronen.

1.18

Kurze Länge, lange Kürze: Zwei Begriffe, die sich scheinbar unauflöslich gegenüber stehn. Sie offenbaren uns Begriffe, die die menschliche Vernünftelei bei Weitem übersteigen und damit ins Jenseits aller Dinge und Verständigungen führen.

Unruh macht sich breit im Menschengeiste und verführt ihn dazu, alles zu zerzausen und zu definieren, was ihm in die Quere kommt. Dabei vergisst er, dass nur einer von sich ganz präzis zu sagen weiss, was es bedeutet und der Bin Ich mit allen Schlüsseln, Schlüssen und Schikanen. Wende dich zu Mir, sag' Ich, und du wirst Klärung finden. Trag' deinen Namen in das Buch der Weisheit ein und es wird dir zu allem, was da ist, den rechten Vers und Finish offenbaren. Leiste dir den Aufwand, ganz in Meiner Ansicht aufzugehn und du bist frei von allen Übeln, Unbotmässigkeiten und Behinderungen, die du dir geschaffen. Leichten Fusses, Flusses und Gemüts gehst du einher in der gottbegnadeten Synthese aller Dinge im Allhier und lässt Mein Licht als deines über Universenweiten strahlen.

1.19

Verwandlung wie im Märchenland ist angesagt für jene, die Mich innig suchen. Ihr Verständnis dessen, was sie sind, nimmt klare Formen und Vergünstigungen an und hebt sie auf die Stufe der Gottseligen im Geistesparadies. Das heisst, Ich will dir schmackhaft machen, wie versöhnlich, ungewöhnlich und beseligend der Handel ist und Wandel mit den Gottesgaben, die Ich spende. Sie bedeuten dir das Beste, was du jemals haben kannst von Mir und Meiner Dienerschaft im unerschöpflichen Gedankenarsenal.

Über deinen Schatten springst du, wenn dein Wille Mich zur ersten Stelle setzt in deinem glänzenden Philosophieren. Du windest dich und bindest dich behende los von den alltäglichen Bedingungen und siehst sie leicht und locker werden, mehr und mehr. Was hat es nun auf sich, dass du in Meine Einflusssphäre und Mein lichtes Fluidum gerätst? Weil Ich noch jedes Haar auf deinem Haupte zähle und dir jeden Wunsch von deinem Herzen lese, eh' er recht bedacht. Das ist, weil Ich dich Bin und deine Züge Meinen bis aufs Tüpfchen, bis aufs Schüpfchen gleichen auf der Fahrt durch deine Menschen-Götter-Generationen. Kontinuität ist aller Seinsgenossen Stärke und Verbindlichkeit im Grünen einer Zeit des Wachsens und Zu-Mir-herauf-Erstehns.

Bildung steht bei Mir im Herzenssinne gross geschrieben, denn das Tugendhafte wie Beschauliche vermag die Menschen gross und gütig, lebensfroh und sakrosankt zu machen gegenüber den Versuchungen des weltlichen Betriebes. Letztlich zählt allein, was Ich dir hier begeistert und bedeutungsvoll von Mir erzähle. Fass' es richtig auf und du bist ein gemachter Zeitgenosse Meiner Gaben. Transformiere es zu deinem vorwärtsdrängenden Idol und es wird dir als Held und Herold deiner eigenen Struktur zum höchsten Wohl gereichen.

1.20

Berichterstatter Bin Ich Mir und lauschende Instanz im selben fortgesetzten Zuge. Die Worte kommen und verwehn im Hintergrunde und hinterlassen Spuren von Begeisterung und Anerkennung an dem auserlesnen Werk, das hier vollbracht wird. Schafsgeduld ist angesagt, weil sich die Lebensdinge unablässig in die Länge und die Breite ziehn und weil den schon bewältigten Problemen ständig neue, diffizilere und anspruchsvollere folgen. Was aber aus der Ferne freudenvoll hinüberwinkt ist der beglückende Erfolg, der alle Mühe ausgleicht in den anspruchsvollen Wanderjahren.

Also treib' Ich's bunt und spielerisch mit Meinen unerschöpflichen Ressourcen, die da sind: Erstaunenswerte Fantasie, der Wille, jede Sache auf den Punkt zu bringen und die Überzeugung, dass noch alles, was Ich unternehme, bravourös gelingen muss in seinen fabelhaft gebildeten Strukturen.

Es weht der Wind der Gottgefälligkeit und Eleganz durch Meine strahlenden Bewusstseinsweiten und befördert und erhebt, was immer Ich voll Verve und Treue zu Mir selber unternehme. Hast du Mich je wanken sehn? Firm und wohlgestalt steh' Ich in Meinem Geistgefüge da und lasse alles Ungemach der Welt wie Wasser an Mir niedertriefen.

Willst du auch so sein, geliebtes Kind des Allerhöchsten? Jedenfalls versuche Ich, dich ohne jeden Anspruch unbedingt zu dem zu machen, was du innerlich schon Bist in deinen Seinsgepflogenheiten und allgöttlichen Manieren. Das braucht dir nur zu dämmern und gewiss zu werden und schon steigst du konsequent und tatenfroh heraus aus deinen Nöten, Meinem Liebeshimmel zu. Das weckt Herzensfreude, Frieden und harmonisches Geflüster in der Seele sanft gesponnenem Verlies und lässt sie darin einen wonnevollen Frühlingsreigen tanzen.

1.21

Das Überragendste, was dir geschehen kann in deines Daseins schicksalsschwerer Signatur, ist die Erkenntnis deines Eigenwesens, das sich als götterlichtes Individuum geistvoll im Geisterlande, grenzenlos im Raum und feiernd das "Ich Bin" erweist im Zeitenlosen.

Wem sollst du dich da unterwerfen als dem Einen, das Ich Bin und das du Bist in deiner Selbstverständlichkeit des Existierens. Minnesang ist angebracht an deinem eignen Hofe. Die Lieblichkeit des Seins erweist sich dir als immerwährendes Entzücken an der Gottesfreundschaft, die du pflegst, wie am erstrahlenden Bewusstsein deiner selbst im Wunderbaren.

Welche Tröstung für die vielen, die noch auf dem Pfad der Tausend Illusionen mühsam fürbass gehn! Sie alle sind von Mir aufs Innigste ins Sein der Unermesslichkeit geladen, wo sie jetzt schon weilen, ohne dieses Wunders Süsse und Wahrhaftigkeit, Erhabenheit und Hochgemutheit einzusehn. Darf Ich bitten, sagt dein Herz und Schwärmer, amüsiert sich der Verstand im Respondieren. Nur der Seinsbewusste kann die beiden Werte zu dem einen, alles Überragenden zusammenführen, der da heisst: Das Sein, dem alles unterworfen ist, was ist und das in allem sich als das Lebendige, Beständige und Tragende erweist im majestätisch vorgetragnen Weltenspiel.

2

Unermesslich lichte Geistesräume

2.1

Von A bis Z gelesen, ist die Seinsgeschichte nobel, redlich und gespickt mit genialen Wendungen und Applikationen, die Erhabenheit und märchenhafte Schönheit offenbaren. Dabei sind Meine Tiefen niemals auszuloten und erst recht nicht Meine sagenhaften Höhn, die in unermesslich lichte Geistesräume münden.

Vom Regen in die Traufe fallen wirst du, wenn du bloss den Saum berührst von Meiner Majestät und Gotteswürde in den Tagen deines Hierseins als markierter Proletarier und Sprecher der Protagonisten, die sich wichtig meinen im Geschlängel ihrer selbstgefälligen Behauptungen. Erst im Lauschen wird ein jeder Land gewinnen von der Weite Meines Reiches und der Fülle Meiner Seinspräsenz im Zeitenlosen.

Willst du dich verwirklichen, schau, hier ist es getan aufs Allerlieblichste und Freudenreichste, das man sich nur denken kann. Es tritt ein seinsgesponnenes Gewebe vor dich hin, in das du einbezogen bist in wunderbar geschmeidigen und richtungsweisenden, befriedenden und energiegeladnen Zügen. Dich mit diesen zu bekleiden, ist dein gutes Recht und alles, was du unternimmst zu diesem Zwecke, ist zum Vornherein von Mir gesegnet und aufs Ehrenvollste sanktioniert. Nimm, erbaue dich daran, und reich' es weiter! ist die gotteswürdige Parole, die Ich dir voll Eifer in die hochgestellten Ohren und dahinter schreibe. Denn was du mit offnem Sinn gehört hast, bildet dich, derweil dich das Gesehene verblenden kann in seinem trügerisch gestalteten Erröten.

Unwirsch reagiere Ich, wenn du dich besser dünkst als irgendein Erbärmlicher, der nur Verdruss hat mit dem Leben. Seine Gotteswürde ist genauso hochbedeutend wie die deine, nur dass sie erkannt und ausgetragen werden muss ob allen seinsbedingten Nöten. Unendliches ist in das Menschenvolk geschrieben und Auserlesenes wird frei, wenn du nur Meinem Duktus und Gewicht gemäss gehörig reagierst und vor dem Abendrot das Seligmachende empfängst, das Ich dir mitten auf den Weg gegeben.

Meine Stimme macht dich froh und adelt die Gestimmtheit deines Herzens Meiner zu, die alles übertrifft, was du dir bisher ins Gemüt geschrieben. Komm und lass dich von Mir bis zum Gehtnichtmehr verwöhnen, geh von Meinem Tische und sei satt von Liebe, Herzensgüte, Seinsvertrauen, Licht und namenloser Harmonie.

2.2

So nebenbei kann viel geschehen, doch was Ich vollbringe, ist ein veritables Hauptwerk von gewaltigen Dimensionen. An dir gemessen, geht es in so krasse Weiten und verlassne Breiten, dass dir schaudern kann ob so viel hirnverbranntem Raumgewinn in so unermessnem Zeitertragen. Immer noch an dir gemessen, stilisiert sich das Natürliche ins so Aberminikrime, dass es mit den besten Mikroskopen nimmer ausgemacht und abgehandelt werden kann. Damit hast du die Extreme dessen in dein Herz geschlossen, was sich dem Menschensinn enthüllen kann. Doch ist das nur geringe Beute gegenüber dem, was in dem Geisterreiche hinter allem Offenbaren steht und sich aus seiner ersten Wirklichkeit heraus in eine zweite, sekundäre reduziert. Das gilt es innig zu bedenken, wenn du das Ganze deines Seins ins Auge fassen willst, um dich wie Mich zuinnerst zu begreifen.

Dein Los ist es, zu lernen, was da wirklich ist an erster Stelle in dem Weltenarsenal, als Geisteskraft, Genie und liebevolle Hüterin des Lebens. Das Bin Ich und das hab' Ich dir in dein Dasein mitgegeben. Unsterblich ist das Geistige, das du dir Bist, in Meinem wunderbaren Zirkulieren. Schau es und versinke in der Andacht vor dem Unermesslichen, das sich dir gibt im Glück der Weltsekunde, wie der Erkenntnis deiner selbst, verbindlich, kindlich und global.

2.3

Konkret geworden, sollst du es in allem bleiben, was dein Leben, Wirken und Gedeihen ausmacht unter Meiner Fittiche Myriadenzahl. Konkretes gibt zu denken und lässt sich nicht mit Phrasen abtun, die beileibe keinen Inhalt haben. Wenn du sprichst, so muss ein jedes deiner Worte von der Kraft der Vorstellung begleitet sein, damit es Wirkung zeitigt und Verwandlung des Gemüts im aufmerksamen Gegenüber.

Es ist so leicht, vernünftig Scheinendes daherzuplappern, doch der Fortgeschrittene bemerkt den Zauber und lässt das Blendwerk, ohne von ihm nur im Mindesten berührt zu sein, an sich vorübergehn. Allein vom Genialen fühlt er sich gebührend angesprochen und in den Zustand der glückseligen Beschauung eingeführt, der sein Menschliches ins Göttliche erhebt im Seinsvertrauen, das ihn dann beseelt.

Das Abstrakte ist ein seelenloses Laborieren am alltäglichen Geschehn, das nichts von Bedeutung bringt und dem man niemals trauen kann in seinem statisch ausgeheckten Aneinanderfügen. Nur was Leben in sich trägt, Erfahrung, Feuer und Verbindlichkeit, kann auch begeistern und die Menschheit schrittweis vorwärts, höhwärts führen. Das Gelingen hat den Preis, dass es gezielten Effort von dir fordert, anständiges Benehmen und markantes Definieren dessen, was dir vor dem lauschenden Gewissen steht. Was Ich dir impulsiere und mit Vehemenz und Redlichkeit in das Gefüge deiner blühenden Gedanken setze, wo es den grössten Nutzen bringt für dich und deine Welt im steten Prosperieren: Ist Mein Wort im Dialog mit deinem Seinsgefühl, sowie Mein Einfluss auf dein Denkens siebenfältiges Gezwitscher und erbauungswürdiges Juhee. Ich sinne und dein Sinnen sieht sich angeregt zu Tausend glückverheissenden, klangvollen Kapriolen als von Mir erdacht und liebevoll dir ausgegeben. Ist das nicht bezaubernd licht und luftig in den Göttersphären, die dich mild und meisterlich umwehn? Achte ihrer und du bist gemacht für Ewigkeiten; tauche in sie ein und deine Seele ist gerettet in das Glück der Sterne, wie die Wonne und das Wohlgefühl in den allgöttlichen Gediegenheiten.

2.4
Kontinuität gehört zu Meinen höchsten Werten in der ausgezeichneten Regie, die Ich seit Urzeit über Mich und Meinen seelenvollen Anhang führe. Was ist die Basis solchen selbstverwirklichenden Tuns, ist hier in allem Ernst und aller Deutungseuphorie zu fragen? Da erklärt sich Mir in einer Schau von überwältigender Schöne, dass Ich in allem, was da ist, in einer zeitenlosen und unräumlich dargelegten Souveränität, Potenz und Unternehmungslust das Sein bin, das sich in sämtlichen Kategorien wachen Geistseins, wie auch warm gefühlten Lebens, aufs Entschiedenste manifestiert. Das ist Meinem

strahlenden Gewissen ohne jeden Abstrich offenbar und erklärt sich aus sich selbst in einer wunderbar gefälligen Erkenntnis, der Ich nicht das Geringste beizufügen habe.

So kommt es, dass Ich auch im Menschentum in gleicher Weise und Gediegenheit in jeden Individuum präsent bin als Erschaffender wie als Geschöpf, als unveräusserlicher Hort der Hoffnung auf Unendlichkeit, dem es an nichts gebricht und der sich selbst gerecht wird im holdselig vor sich hingebreiteten bewundernswerten Seinsgenügen.

2.5

Blick vom Sternkalender in das All der leuchtenden Gestalten, die am nächtigen Himmel freude-strahlend fürbass gehn. Geliebte Meines Willens sind sie, Mich ins Grandiose zu entfalten und in Meinem Schöpfertum gebührend und gewaltig aufzugehn: aus dem Einen in das Viele, von dem Unisonen in den Ausbund Meiner schöpferischen Fantasie, von der Ich seit Äonen voll bewusst und tatenfreudig zehre.

Was bist du Mir, was gibst du Mir dafür, dass Ich dich mit so viel Verstand und Eigenwilligkeit begabe? Es geht nicht an, dass du Mich ignorierst, denn ohne Meine Geistessäfte und den steten Dialog mit Mir muss auch der stärkste Ast am Menschenbaum verkommen und verdorren und sein formidabler Geist muss schmählich in die Irre gehn. Der Genius der Zeit giesst sich von Meinen übervollen Schalen hinunter in die deinen und will estimiert, erfahren und verbreitet werden, dir zum Heil und Mir zur Ehre im natürlichen und gottgesegneten Allhier.

2.6

Moderne Zeiten für den Junker, der sich mit viel Sachverstand und Innovation durchs Leben schlägt, um es dann auch gebührend zu geniessen. Nichts fehlt ihm ausser der Erkenntnis seiner selbst als völlig unbekümmertes, unendliches und seinsbewusstes Wesen. Eigenartig, dass du etwas sein kannst, ohne es zu kennen, denn damit wird das, was du meinst zu sein, zu einer zünftigen Illusion, in der du dich gefangen hältst nach Strich und Faden.

Nun ist es deine Pflicht seit eh und je, nach dem zu forschen, was dir nicht im Mindesten geläufig ist in deinen kurios geschliffnen Erdentagen. Bei dieser Suche kann nur Ich dir zum gebührenden Erfolg verhelfen, der da heisst: bedeutungsvolle Klarsicht über dein verehrenswertes Menschensein, die dir das Unendliche enthüllt, in dem du dich bewegst und bildest, fruchtbar bist und deinen Tagen Glanz verleihst und Grazie des Himmels ohne Zorn und Zagen.

Was hier auffällt ist, dass nichts von dem, was Ich dir hier vor Augen halte, greifbar ist im Erdenwelten-Sinne. Deine Seele jedoch sehnt sich nach dem Geisteslichte, das in wunderbar von Mir gesegneter Allüre alles, was da ist, durchstrahlt und ihm Beständigkeit und Leben, Zartheit des Gewissens, Heil und Helle einhaucht von allgöttlicher Natur. Alles Sehnen wird sich dir erfüllen, Seele, wenn du nur, dir selbst vertrauend, wie dem Herrn der Welten, weitergehst durch deines Schicksals Felder, Prüfungen und Sanktionen. Tabernakel Meiner Huld und Heilkraft sollst du werden, immer wirklicher, bis du Mich wirklich auch gewahrst in Meinem, wie in deinem, Sein und Sinnen, seelenvollen Leuchten und Sich-Mir-Vereinen, wonnevoll und wunderbar.

2.7

Gehab dich wohl, hat manche Mutter ihrem Söhnchen auf das Wams geschrieben, wenn es in die weite Welt auf Wanderschaft verschwand. Noch immer ist der Mensch, so wie Ich meine, in derselben Lage, nämlich dass er sich auf seinem Tramp durchs Leben nur zu oft versucht fühlt, auszuflippen von der rechten Bahn und bald diese oder jene kleine oder zentnerschwere Schandtat zu vollbringen. Das entfernt ihn mehr und mehr von Meinem Milieu der Hochgemutheit und des Edelmuts am Leben, das er führt. Mir kann das keineswegs egal sein, denn das Menschenvolk zehrt unablässig an den preziösen Kräften, die Ich ihm zum Heil und fabelhaften Fortschritt überliess. Werden sie missbraucht, so sind sie ihrem Zweck entfremdet und dem Weltenall verloren, dem Ich sie vertrauensvoll verlieh.

Übles kommt von üblem Handeln an der menschengöttlichen Natur und diesen Default voller Feingefühl zu überwinden, offenbare Ich, was Ich Mir Bin auf dem erbarmenswerten Erdenplan. Aufgerüttelt soll der Menschengeist in seinem Gaudi und gewissenlosen Gieren werden, um der Einsicht willen, die ihn zu seiner wahren Mission und Mustergültigkeit, Erhabenheit und innigen Vertrautheit mit dem Ewigen begaben soll. Das ist dann die bezaubernde Erfüllung Meiner Pläne für das Weltenwunderwerk, das Ich zur Wirklichkeit beschwor. Die Generationen zirkulieren anstandslos und freuen sich an ihren wohlerworbenen Gütern. Alles fliesst und spriesst voll Glück und Würde dem Unendlichen entgegen, das Ich Bin in allem und in jedem und gewiss auch wunderbarerweis in dir.

2.8

Pflegst du die Journale aufzuschlagen, tritt dir darin so viel Dissidentes, Hass und Aggression entgegen, als hätten alle Fremden Drachenblut getrunken, derweil du deuchst dich besser, weiser und wahrhaftiger als sie. Das ergibt ein Weltbild von skurriler Ungereimtheit, bösem Ticken, wie von tätlichen Behinderungen, die uns in steter Unruh und Verängstigung halten.

Das ist nicht fein, ist hier zu sagen. Und entspricht bei Weitem nicht den auserlesnen Normen, die Ich für die Menschen aufgestellt und vorgesehen habe.

Nun hinan zur Weltenseele. Lächelnd sieht sie allem Treiben zu und versucht, es zu begütigen und ihrer Weisheit und Geduld gemäss zum Guten und Verständigen zu führen. Was da anklingt, sind Edelmut und Stärke des Gemüts, Gutmütigkeit und reger Anteil am Geschick der vielen Zauderer, Zerfahrenen und Besserwisser, die alle einen neuen Horizont und neue Sonnenleuchtkraft dringend nötig haben. Die Wandlung muss in dir geschehn, indem du Seinsvertrauen fassest, Unbekanntem gegenüber offen bist und dir die Chance nicht verscherzest, dich im Unendlichen zu etablieren und schlussendlich wohlgeborgen, akzeptiert und aufgefrischt zu sehn. Glaube Mir, wenn Ich vom Glück, das dich durchströmt, erzähle, vom Freudenreichtum, der dich dann beseelt, wie von der wahren Liebe, die sich die Gesegneten im Haus des Herrn gewähren. Schau in Meine Richtung und du wirst den Richtwert, der dir frommt, voll Wonne sehn. Erlabe dich am Sein und du wirst keiner andern Speise und Erbauung mehr bedürfen.

2.9

Wer sich an wen gewöhnen muss im Gottesreich ist hier die Frage? Ich Bin es nicht, denn alle Meine Güter sind Mir längst bekannt und Meinen Pappenheimern schau und hau Ich auf die Finger, bis sie sich den Anstand angewöhnt und eingemittet haben. Der Verlauf ist klar: Ich lerne, wie man dich behandelt, um die besten Resultate zu erzielen. Du lernst, dich unbedingt auf Mich und Meinen Ratschluss zu verlassen, der da heisst: Es sei genau so wie Ich will mit Meiner Fülle von Reserven, sprossenden Ideen und Verfügungen auf Zeit und Ewigkeit in Meinen so geschickt gebauten Reichen. Du hast es in der Hand, gefällig und gewissenhaft zu sein Mir gegenüber, wie auch deinen farbenprächtigen Launen, die dir manches Süppchen arg versalzen können in des Tages Lauf und Lotterie.

Wie kannst du nur so ausserordentlich naiv sein und den kapitalen Dienst, den Ich an dir verrichte, ignorieren? Es weht ein Wind befeuernder Begeisterung durch Meine Geisteshallen und alles ist aufs Trefflichste geordnet und durchdacht in ihnen. Deine Staatsaffären nehmen sich vor Mir so winzig wie die Flügelschläge eines Mückleins aus, wenn Ich so bedenke, wie gewaltig sich die schillernden Jahrtausendwerke Meiner Konvenienz und Sitte dem Beschauer präsentieren. Willst du dich endlich unter Meiner Fittiche Gehalt und Wissenschaft begeben, schlägt Unendliches an deines Seins Gestade und du darfst gewappnet und getröstet durch dein Leben wie durch einen Zaubergarten gehn. Merke dir den Standpunkt, den Ich über dir in Anspruch nehme und gewinne Sicherheit und Seligkeit an ihm in auserlesner Sanftmut und holdseligem Befrieden.

2.10

Und die Moral von der Geschicht: Man soll den Kleinen viel Bewegung schaffen und sie nicht mit denkerischem Kram belasten, derweil die gedankenvollen Grossen in die Ferne schweifen sollen, wo die mannigfachsten Fragen der Vernunft entstehn. Dies entspricht der höheren Einsicht, die Ich ständig im Gewissen trage. Vielverzeigte Weltinteressen sollst du in dir pflegen, um dem prächtigen Entwurf gerecht zu werden, den Ich in dir hochgepäppelt habe. Sinn macht, was Mein denkerisches Dossier verkündet, wenn dir auch noch lang nicht alles gängig und plausibel ist in deiner Art, die Dinge aufzufassen. Deine Welt ist noch zu intensiv und ungehalten mit sich selbst beschäftigt, währenddem die Meine nicht sich selber meint, sondern alles, was da ist aus ihr hervorgegangen. Nimm es Mir nicht übel, wenn Ich dein Kleines aufs Intensivste attackiere. Das wird dir helfen, dich und deine Hemisphäre grandios zu sehn in Mir und Meinem Sinnspruch über sie. Ich gehe davon aus, dass du wie ein Besessener versuchst, alle Dinge zu begreifen, die dir täglich vor den wachen Augen stehn. Das wird jedoch deine Möglichkeiten übersteigen, sage Ich und offeriere dir dabei, dich Meinen anzuschliessen. Die sind unendlich hoch bedeutend und erhaben über alles irdische Geplänkel, das für sich allein nicht weiterführt in den geschichtlichen Annalen. Erst wenn Ich den Weltenplan betrete, regeln sich die Angelegenheiten wie von selbst und du brauchst dich nicht mehr dezidiert um sie zu kümmern. Schlag lieber Purzelbäume um die Wucht des Alltags und schon wirst du diese milder und gefälliger finden, als sie vordem offensichtlich war. Das hängt mit Meinem Metier zusammen, das da heisst: Nimm dich der Unbeholfnen an und meide strikt die Neunmalklugen, die in ihrem Dünkel alles nach dem Richtmass des Verstandes und der Ichsucht lösen wollen. Ich allein bin kompetent genug, um allen Widerwärtigkeiten und Verirrungen der Menschen Herr zu werden und sie sicher in den Port der Weisheit und des Wohlverstands zu führen. Merke dir den Wortlaut und die Wohlgefälligkeit, mit der Ich Meine Thesen unverblümt verkünde, um dich unvoreingenommener und seelensicherer zu machen im Gefecht der Tage, wie im Lebenslauf, der dir väterlich von Mir beschieden.

Abgeschieden ist nicht abgeschrieben und so fühle, dass Ich immer bei dir weile, geistreich und verschwiegen, aller Dinge kundig und um dich besorgt, wie eben eine Gottheit Sorge trägt um seine Lieben. Das ist nun Mein Evangelium und soll eine zierliche Redute sein in deinen offnen Händen, damit du Hoffnung fassest und Vertrauen auf ein höchst erspriessliches und wonnevolles Weitergehn.

2.11
Hoch vom Felsen der Verheissung künde Ich in kühner Selbstverständlichkeit dein Heil und deine Heiligung in diesen ausserordentlichen Weltentagen. Es ist die Einsicht, dass in Meines Geistes Reich und Ruhm Vollkommenheit und Frieden herrschen allezeit und dass die lichte, schattenlose Klarheit Meinen Landen ewigen Glanz verleiht im Wunderbaren. Jeder Mann ist dazu aufgerufen, aus dem Stillstand in die freudige Bewegtheit, aus der Resignation in die Geographie des Götterwillens einzutreten. Was dich liebt und lockt und leise anspricht in den Geistessphären, Bin Ich, der Benedeite aus des Himmels Freudenlicht und Flor. Da gibt es aus der Urkraft Meines Seins kein Zögern

oder Zagen. Jede Geste, jeder Aufwall aus gebieterischer Motivation vereint in sich die Stosskraft des Gelingens ohne jeglichen Verzug. Genau bestimmt und aufs Entschiedenste getrimmt sind alle Meine Pläne für die Neugeburt ereignisvoller Szenen, Formungen und Huldigungen an Mich selbst durch Meine vielbegeisterten und motivierten Bürgen an dem grandiosen Werk, das sie mit Mir verrichten. Mutige zuhauf und Unbescholtene sind in die Heerschar derer eingetreten, die von klarer Diktion und Gotteswürde was verstehn. Sie haben Mein erfindungsreiches All-Design zutiefst verstanden und bewegen sich mit Sylphenleichtigkeit und Anmut auf dem glänzenden Parkett des Lebens, das Ich ihnen gütevoll und hell begeisternd anerbiete.

Du brauchst nur zuzugreifen und vertrauensvoll den Pfad der geistigen Errungenschaft zu gehn, die Ich dir frohgemut und väterlich vermache, um dir Ansporn und Gelegenheit zu sein für auserlesne Taten nach dem Muster Meines meisterlich gestalteten Kreierens. Du Bist in dieser Sphäre des gestaltenden Elans genau demselben Sein wie Ich und alle makellos und innig zugetan. Dieselben blühenden Gesetze sind dir hilfreich im Verwirklichen der kühnsten und begehrenswertesten Gedanken. Die entsprechen dem Genie, das dich beseelt von Gottes eminenten Gnaden. Du Bist und darfst dich Schöpfer nennen auf beseligender Spur. Dein Sein ist wie das Meine in das Sternenall gegossen, wo die Freundschaft edelmütiger Geister es umfängt und wunderbar belehrt. Trage Sorge zu dem, was du im Allhier geworden bist unter Meiner liebevoll entstandenen Ägide und bereite dir ein Fest aus Himmelszartheit, Dankbarkeit und Liebe am beglückenden Geschehn.

Ich Bin es, der dich führt und du bist würdig des Geführtseins durch die Sphären freudigen Erwartens und Gewinnens, ehrfürchtigen Staunens und begeisternden Agierens aus der Fülle wahren Wirklichseins und wonnevollen Weilens im Wesen der allgöttlichen Natur.

2.12
Throne und Herrschaften in Meinem Bereich. Es strahlen die Engel den Herrlichen Ehrfurcht und Liebe entgegen. Es ist ein Erfühlen des Unbeschreiblichen, das hier geschieht, eine Saga der Herzen im Wunder der Anmut, die sich ihnen restlos und friedvoll ergeben.

So viel Beglückendes ist Mein Teil im Morgendämmer des Freudentags, den Ich zuerst erlebe. Wach und stetig, gelassen und wahr auf die Gestimmtheit kommt es immer an und diese ist blendend, entzückend, begeisternd und weise.

Dass Ich dich kenne, ist das ultimative Geschehn in Meines Daseins Licht und Länge, Stoppelfeld und himmelhoher Signatur. Sternenanmut glänzt in sie hinein und Weltbedeuten ist ihr Lied in dieser sagenhaften Stunde, wo alles stimmt und wo die Traulichkeit der Himmlischen beseligend und restlos dominiert. Überragendstes strömt ein in Mein Empfinden, auserlesenste Gefühle laufen ein und aus und hin und wieder. Entschiedenstes bricht vor Mir auf und breitet seinen Duft in Meiner Räume Wohllaut, Zukunftsträchtigkeit und Tradition. Was immer Ich im Klartext unternehme, breitet sich mit Vehemenz und Andacht aus, um alles mit dem Gleichmass der Intensität und Wesenhaftigkeit Elysiens zu begaben. Aus dem Wenigen ist ein Meisterwerk geworden und aus dem Vielen eine Einheit sondergleichen, als das Mass der Dinge, das die Glücklichen in einen Zauber von Begeisterung erhebt.

Du kannst nicht immer mit der Höhe operieren, jedoch mit sämtlichen Dimensionen, die da sind in dir beschlossen und vertieft. Das ist so wunderbar: du Bist und bist dir selbst ein götterlichtes Medium des Freiseins und der Überlegenheit Elysiens geworden. Grossmut, Willensstärke, Treue zum Allhöchsten und Erhabenheit der Seinsverklärten nehmen dich vollkommen für sich ein und offenbaren dir des wahren Seins begehrenswerte Attitüde. Das ist nun der Wurf, die Wirklichkeit und Wahrheit dessen, was Ich Mir geworden bin im königlichen Spiel, das Ich mit Vorbedacht betreibe. Klärung und Bewährung sind Mein Manifest und manierliches Idol der Götterherrlichkeit, in der Ich selber Mich durchschwebe, gekonnt vom Strahlenlicht besonnt und würdig solchen Seins in unerschöpflichem und himmelstrautem Mich-ins-Ewige-Allherrliche-und-Gütige-Erheben. Dabei Bist du Mein allerliebster wie Mein allerbester Sohn, an dem Ich Mein beredtes Wohlgefallen habe.

2.13
Kompagnon der guten Sitten Bin Ich, ohne jemals einen Fauxpas zu begehn. Ist Mein Reich auch nicht von dieser Welt, so hab' Ich doch in ihr bedeutend mehr als nur ein Wörtchen mitzureden. Hoffst du auf ein mildes Urteil, wenn du dich an irgendeiner Sache frevlerisch vergangen, hängt sehr viel von deinem Willen ab, aus dem zu lernen, was dir selbander mit Mir bisher noch misslang.

Wie auf Mich aufgepfropft sollst du vor dir erscheinen, so dass alle Meine Säfte, Kräfte und Besonderheiten dich tagein, tagaus mit Vehemenz durchströmen. Das generiert ein inniges Verhältnis zwischen dir und Meiner Art, der Welt das Allerbeste darzulegen. Fassest du nur das Geringste an, so fass Ich es in dir. Das hat den eminenten Vorteil, dass sich Meine Seinskultur unweigerlich auf deine überträgt und dich begabt mit Meinem unerschütterlichen Wohlgeraten.

Das zu erkennen, facht dir ein unendliches Entzücken an am Sein, das sich in dich geboren und das deine Geistesgüter aufrecht hält für Zeiten und Äonen, Auserlesenheiten und Geschehnisse von wunderbar gesegneter und überirdischer Natur. Ohne Zweifel kannst du dich dann Seins-verständiger und Absoluter nennen in der Kunst, das Wirkliche im rechten Licht zu sehn und dich danach in Gotteswürde und elysischer Gerechtig-keit, Seelensicherheit und Himmelsanmut durch das ewige Leben zu bewegen.

2.14

Weltbester willst du sein, sowie die Müskelchen dir dieses stattliche Final erreichbar scheinen lassen. Was tust du nun in deinem allerschicklichsten Betragen? "Ich übe, übe, übe schweissgebadet an der Meisterschaft herum, bis Ich in immer höheren Rängen und zuletzt als Nummer eins auf dem bewundernswürdigen Podest erscheine". Da kann Ich dir nur raten: Lass dich nicht vom Rausch und Glamour dessen, was du dir geworden bist, zur Überheblichkeit verleiten. Denn es steht geschrieben: Gleich nach dem Hochmut kommt der Fall in schauerliche Tiefen. Das Menschliche ist nicht in sich als Ausbund aller Tugend zu bewundern, denn alle seine Kraft und Herrlichkeit, wie seines Wesens Anmut, kommt von Mir, dem seienden Gelispel, wie von der Traulichkeit des

Ewigen die deinen Glanz begründet und dein ruhmbedachtes Reüssieren.

"Ich giesse Grösse in ein göttliches Gefäss", soll dein Gedanke sein am Freudentage, "und Ich mehre die Bedeutung dessen, was da ist, als Meine Sendung, Meines Seins Verwirklichung, wie Mein emporgetragnes Heldenleben.

Dein Ego soll als Ego Gottes anerkannt und hochgejubelt werden, was sich denn geziemt und was die Einheit fördert im äonenwuchtigen Allhier. Es ist für alle Raum genug in dem was Ich Mir Bin und was Ich väterlich in aller Wesen Tun und Lassen giesse. Darauf kannst du dich verlassen, dass Mein Bündnis mit dem Leben, Licht und Wohllaut des Planeten ewig währt und dass die Gnade guter Geister Meiner Provenienz allüberall Gelassenheit und Frieden spendet, Ausgewogenheit und Harmonie. Das Seelenvolle kommt von Mir, wie die Gebärde reiner Redlichkeit am Weltenwerk, das Ich verrichte.

So ist alles von Mir wohlgetan und kann sich ohne weiteres den Anspruch der vollendeten Genügsamkeit, Wahrhaftigkeit und Liebe leisten, die geht von Mir zu dir, von dir zu Mir und senkt sich in die weiterführende Gemeinschaft aller lebenssprossenden Gemüter, die in ihr den Herzensfrieden, wie die Labsal ihrer Zeiten und das Wonnesein Elysiens erfahren.

2.15
Von Meinem Strahlenlicht durchströmt, wie von der Liebe zweier Welten, schau Ich deines Angesichtes Lächeln huldvoll an und verleihe dir spontan und innig den so sehr ersehnten Herzensfrieden. Du bist dazu ausersehen Ausgezeichnetes zu leisten in des Geistgebiets Etagen, um den Hunger vieler Seelen

nach Erleuchtung und Relieve zu stillen in des Lebens überwältigendem Seinsszenario.

Was immer dich bedrängen mag, Ich steh dir gütig bei, es liebevoll und tapfer, rasch und elegant zu überwinden, ohne Furcht und ohne jedes Unbehagen. Zielbewusst und heiter schreitest du auf dem erlauchten Gottespfad voran und versiehst die deiner Obhut Anvertrauten mit bewundernswerten Leitgedanken, wie mit übervollem Mitgefühl.

Derselbe Bin Ich, der dich einst und jetzt dem Ewigen anheimgegeben, das um dich die allerwertesten und allerliebsten Kreise zieht. Es nimmt dich auf in seiner runden Myriadenzahl und beglückt dich mit den allerreinsten und erfindungsreichsten Kapriolen. Deine Züge nehmen seine an, derweil du traust dich, von Erhabenheit und Unerschöpflichkeit zu reden. Was dich stählt ist die Erkenntnis, dass dein wahres Wesen weder Tod noch Moder kennt und in der Geistwelt herrlich aufblüht, währenddem so viele keinen Deut von ihrer fernen Zukunft in sich tragen.

Schlicht und recht gesagt ist alles was du Bist in die Vollkommenheit der Gottesordnung eingefügt, die ist und die mit ihrem Charme und ihrer Weisheit, ihrer Loyalität und Liebenswürdigkeit dein Glück besiegelt und dein Sein mit ihrem auf das Seelenseligste vermählt.

2.16

Kann es denn sein, ist eine wunderbar geläufige Parole, die Ich mit dem folgenden banalen Kommentar versehe: Es kann. Beständig kritisierst du, was von Tag zu Tag erscheint im weltlichen Getriebe, ohne zu bedenken, dass äonenlange Hintergründe geistiger Natur beeinflusst haben, was die Menschen heute vor sich sehn. Der Nennwert

der Geschichte ist in Mein Gedächtnis eingeschrieben und somit Bin nur Ich befugt, zu richten
über Gut und Böse, Hell und Dunkel, Maliziös und
Redlich in der Vielfalt dessen, was sich dem
Beschauer präsentiert.

Deine Sicht ist kurz und kürzlich erst entstanden.
Meine war schon immer da und kann sich auf ein
wunderbar gesegnetes Bewusstsein stützen, das
an Wachheit alles übertrifft, was du dir Denken
kannst in deinem sehr bescheidenen Revier. Was
durch dich entsteht, ist demnach allertiefst geprägt
von Unbewusstheit und Vergessen und ist eben
nicht sehr tauglich, um die Welt im Evolutionensinn
und -geist voranzutreiben. Wäre Ich nicht deines
Handelns Impulsator, Schwergewicht und General,
du lebtest noch, vom Höhlenfell bekleidet, oder
wärest ausgestorben, sang- und klanglos in des
Daseins strapaziösem Ritual.

Leuchtet dir nun ein, dass eines genialen
Weltenherren Aberwitzigkeit den Aufwall produziert
der Generationen, denen er Erfindergeist und damit
Fortschritt, Wohlbefinden, Häuslichkeit und Wärme
schenkt im Wandel der historischen Ereignisse
durch die Jahrtausende, gemächlich, kriegerisch
und - friedvoll vor sich hin? Aus Einem ist das Viele,
sag Ich dir, entstanden und vom Einen ist es
kontrolliert, der Ich denn Bin und der sich deiner
Unbewusstheit regelrecht bedient, um Evolutionen-
reichtum, Fortschritt, Anmut und Gerechtigkeit
hervorzurufen. Vertrauen setze in dies überragende
und allgebietende, vermittelnde und gütige Agens
der Hoffnung auf ein Ziel, das sich glückselig
nennen kann und unbeschwert und ewig heiter in
der Lichtheit der begehrenswerten Geistessphären.

2.17

Kastellan im Schloss der guten Hoffnung auf ein freundlich Wiedersehen Bin Ich jedem, den Ich in die weite Welt entlasse, wo er sich aufs Trefflichste bewähren soll. Es herrscht ein unablässig Her und Hin im Gottesreich, als dessen Hüter Ich Mich hell bewusst und gängig eingefunden und verankert habe. Wer es auch immer sei, er wird gepflegt und hoch geachtet als ein Gotteswanderer auf sinuösem Pfad, der es verdient, aufs Freundlichste bedient und regaliert zu werden.

Hast du dir ein Reislein ausgeheckt, so nimm bei Mir Quartier mit Vorteil und Behagen, weil Ich dich bestens kenne und weil du bei Mir willkommen bist, wo es auch immer sei in deinen wohlerwognen Runden. Mach es wie die Sternenlichter, bleib dir selber treu auf deiner weitgedehnten Bahn durch Räume und Äonen, durch Fährnisse und figalante Abenteuer noch und noch im Zirkel um Mein Ziel und hochbeglückendes Begaben. Alles, was dir so geschieht, ist Meiner Sendung Einfall und gewissenhaftes Resümieren dessen, was dein Sein betrifft, um glänzende Gewinne, Stiftungen und Preziosen einzuheimsen. Nun gilt es für dich, deiner Schätze Vielfalt wieder einem Zwecke zuzuwenden, nämlich dem, des Weltalls Bürgen aufs Intimste zu beglücken in der Art der Göttlichen auf ihrem freudevollen Liebespfad. Es ist ein geistig Abenteuer, das du in Mir zu leisten hast in grandiosem Überschwang und seligem Vertrauen auf die Kräfte, die Ich dir mit auf deine Siegesfahrt gegeben. Meiner Mitte zugewandt bewegst du dich im göttlich Guten und hast keine Ursach, dich über das Geringste zu beklagen. Meine einzige Bitte ist: verstrahle alles, was du Bist, in Liebeszärtlichkeit und zartem Weh, wie immer es empfangen wird von deinen Lieben. Hast du der Welt viel Gutes angetan, so will Ich dich dafür aufs Wohlbekömmlichste belohnen mit Schalmeien, süssen Winden und gar seelenvollen Melodien für dein inner Ohr. Allfriede herrscht in deinem wachen Herzsensorium für alles, was da ist und deiner Freundlichkeit bedarf, um selber freundlich, liebevoll und göttlich zu agieren.

Atme auf und sei bewusst und heiter ein Erfahr'ner deiner Gottnatur, in der du gütestrahlend und glückselig dich für alle Zeiten eingefunden.

2.18

Was dir ohnehin zu wissen kommen sollte, ist die Kunde von dem Sein, die alle andre Bildung und Beförderung bei weitem übertrifft und wahrer Menschengöttlichkeit Genüge leistet, sinngemäss, gebührend lichtvoll und gediegen. Das Menschenvolk errichtet wissensstrotzende und aller Menschenweisheit kundige, berühmte Universitäten und badet sich in dem, was sie vermitteln an Gereimtem, Ungereimtem, wissenschaftlich Untermauertem wie Hochspekulativem. Denn eben das Lebendige, das sie mit aller Vehemenz und Überzeugung als geklärt und aufgeschlüsselt deuten, entzieht sich ihrem Griff in seiner Geistigkeit, Beständigkeit, Moralität und Liebenswürdigkeit polar. Hingegen ist bei Mir ein Ganzes auszumachen in reiner Offensichtlichkeit und strahlenden Regie, derweil das Wissenschaftliche, bei allem würdigen Respekt vor ihm, nur Stückwerk ist und illusorisches Geplänkel.

Brutto und reell gesehn, Bin Ich allein die Fülle Meiner sakrosankten Züge, die die Welt begründet und aufs Trefflichste erhalten haben. Der Vollwert Meiner Dispositionen zieht auch dich hinan ins Licht und die Wahrhaftigkeit der Sphären. Anerkenne was Ich Bin, erspüre, was du in Mir Bist und sei, für immer heiter und glückselig zur Allherrlichkeit erhoben.

2.19

Was hast du nur auf deiner Tour durchs fabelhaft gekonnte Leben? Hinterlässt du eine Spur in deinem weitgedehnten Streben? Allein bist du ein Wicht mit minimalem Seinsgewicht. Nur mit Mir vereint ergibt sich ein vollendetes Gedicht aus der Bedeutung deiner Taten. Mach auf, geschwind, deines Gewissens Tore, damit Ich darin Einlass find' mit Meinem Wort zur Tat wie mit der Welten-güte, die allen Meinen Lieben ist beschieden.

Es klammert sich so mancher wütende Geselle an seine eignen Felle fürchterlich. Doch einmal lässt er los und fällt, verzweifelt noch, in Meine götterlichten Arme. Dort wird ihm warm und ist er jämmerlich und arm, will Ich ihm aus der Gottesfülle vielerlei vergeben.

Ich Bin es selbst, dem Ich Mein bestes Teil verehre, auf dass es mächtig, prächtig selber sich erlebe als sein eigen Werk und Wohllaut, Willenssprung und tatendrängendes Modul. Es ändert sich die Weise des Verfahrens, doch der Urgrund ist dasselbe Sein, dem Ich wie du entspringe, um sich mit Andacht und verblüffendem Elan, unendlichem Genie und immanenter Grazie zu potenzieren. Prognosen sind nur wenige zu geben, denn alles, was da ist, strömt ohne Vorbehalt, voll Wucht, Begehrlichkeit und Wallkraft Mir entgegen. Jeden Irrtum leg' Ich bloss und wirke Redlichkeit und Reue, Scham und Besserung in den bewegten Herzen. In ihnen tritt erst Ruhe ein, wenn Heil und Heiligkeit erreicht sind in des Lebensringens Wort und Stil. Dann aber steigt am farbenfrohen Horizonte allen Seins die Sonne der

Verklärung auf ins göttliche Genesen. Du Bist und alle sind in einigem Ans-Ziel-Gelangen. Heil vom Heil und heilige Gemeinschaft mit den Götter-reichen herrschen in Glückseligkeit und Herzens-wonne, Reinheit, Liebe, Edelmut und wonnevollem Seinsbewahren.

2.20

Fällt es dir auf, wie andersartig, höchst melodisch und verzwickt die Sprache ist, die Ich dir präsentiere, musst du nicht lange Fragen, ob sie von den Höhen zu dir kommt, die Ich geniesserisch bewohne. Da zeigt es sich, dass es nicht eben einfach ist, mit dem Gedankenfluss und -strömen umzugeh'n, das sich von Meiner Seite in dein lauschendes Gemüt ergiesst. Dabei sollst du dir bewusst sein, dass es deine streunenden Gedanken zu dem einen, wohlgefassten, sammelt: Ich will klar und sicher denken lernen und mich nicht davon enthalten, unentwegt hinaufzusterben, wo mich göttliche Befindlichkeit und Pracht, Erhaben-heit und Zärtlichkeit erwartet, um voll Sanftmut und Ergebenheit auf das, was Ich Mir Bin, zu reagieren. Hast du das begriffen, trittst du voll Begeisterung in Meines Reiches strahlendes Gewölbe und erfreust dich an den mannigfachen Kuriositäten in dem Zaubergarten, den du leichterdings betreten. Verwirrte dich mein Sagen, kommt es dir im Jetzt voll Klarheit, Würde und Genie entgegen, die dich willig formen und mit Glück und Heiterkeit verseh'n.
Was willst du mehr, als Fügung in Verfügung umzuwandeln und dich voll Andacht und Ergriffenheit dem Unergründlichen zu weihen, das dich so seelenvoll umfängt und dich Mir angleicht in entzückender Gewähr. Es ist die Stunde des Vermählens deiner Werte mit den Himmlischen, die

dich zutiefst beglücken und mit Kraft und Mut beschenken. O gib dich ihrem Zauber hin und wiege dich in Träumen der Holdseligkeit von dem, was dich von Mir behutsam, licht und liebevoll berührt, um dich in wunderbare Höh'n emporzuheben. Dort ruht dein Herz in Gleichmass mit dem Meinem und ergibt sich ganz der Wärme und Gediegenheit, die es um sich verbreitet. Deine Seele wird ob Ihrem Leuchten selber licht und schön und darf sich rühmen, das Unendliche von Angesicht zu Angesicht erkannt und anerkannt zu haben. Sieh, Mein trauliches Gebilde, welche Fülle von Gedanken Ich voll Anmut um dich lege, um dein Sinnen innig in die Weiten Meiner Gegenwart zu zieh'n. Geisteslicht umflutet dich in Meinen azurblauen Räumen und versieht dich mit der Grazie Elysiens wie eh und je und schöner, dass du's vordem noch erfahren konntest. Meines Freiseins fürstliches Gefieder macht dich frei und trägt dich seelenruhig zu den Sternen, die dein Heil sind, deine Heiligung und Andacht vor dem Allerhöchsten, das in deine feine Seele sich ergiesst.

Schau es recht und sei und bitte um Erbarmen für die Sehnsucht, die dein Herz nach immer weiterführendem Begeistern trägt, mit Meiner Schwingen wonnespendendem Profil.

2.21

Verkünder einer Wirklichkeit von eminenten Gnaden Bin Ich, wie von einer Qualität der Mittel und Bezüge, die man nirgends wiederfinden und vollends geniessen kann. Hochmotiviert zum Tauschen von verehrungswürdigen Gefühlen Bin Ich, wie von Ideen, die für unendlich weite Räume gut sind und für Ewigkeiten Meiner Art, das Dasein und die Lebenslust zu pflegen. Du stehst noch im Begriffe, voller Akribie herauszufinden, wie die Dinge deiner Welt entstanden sind und wie sie zu einander sich verhalten im alltäglichen Betrieb und Aufeinandertreffen. Da geht es um die minikrimsten Wässerchen und Wirkungen, Substanzen und Gewichtungen in spiegelblank gescheuerten Labors. Hingegen wallt Mein Sinn und Schöpferakt in neuerstand'ne Räume von unendlich weit gefassten und verblüffenden Dimensionen. Du schaust und schaust sie alle an und bleibst doch immer auf ihr Äusseres fixiert, solang du nicht den geistigen Gehalt erkennst, der allem innewohnt, was ist und was sich in Entschiedenheit und Selbstverständlichkeit, Natürlichkeit und Grazie durch das Sein bewegt. Darin aber Bin Ich seelenvoller Animator aller Motivationen und Begehrlichkeiten, Süchte und erstrebenswerten Hochgedichten, die vom Glanz des Himmels, wie von der Glückseligkeit der Himmlischen unendlich Trautes zu erzählen wissen. So entsteht ein Bild von hehrer Grösse, Farbenprächtigkeit und Phantasie, das lädt zum Staunen und Verweilen ein voll seelischem Genügen.

Ausgewogen und verblüffend schön sind alle Meine Taten, ursprünglich, lauter und als lupenrein verbrieft in Folianten geistiger Natur, von denen wissenschaftliche Gemüter keinen Hochschein haben.

3

Mir ist die Weltenseele ein Begriff

3.1

Ist dir die Weltenseele ein Begriff von wunderbar berückendem Empfinden? Siehst du das Geistige aus Urgrundkraft und Weltenlicht erstehn? Es ist ein Ringen um Wahrhaftigkeit und Edelmut, Beständigkeit und Anerkennung der Gesetze Gottes in des Menschen Herz, mit unerhörten Konsequenzen. Der eine sieht es so, der andere anders bis zum Gehtnichtmehr und beide glauben, ihrer Eigenart gemäss, das Recht auf ihrer Seite dargelegt zu haben. Dabei ist das Rechte immer nur in Meinem lichterfüllten Schoss zu finden. Du aber bist auf's Dringlichste gehalten, deiner Werte Vielzahl Meinen unbekümmert zuzulegen, damit das Ganze, wie das Einzelne, in götterlichter Einheit glänze wunderbar.

3.2

Starker Tobak ist es immer schon gewesen, der die Menschen aufgerüttelt hat und sie vernünftig machte, solidarisch, hilfsbereit und tapfer in der tausendfachen Not. Nenn' es Zufall oder Folge von Versäumnissen, die Mir dazu Anlass gaben, einzugreifen, um dem Lauf der Dinge Meinen Stempel aufzuprägen, vehement und rigoros. Wer die Meisterschaft im Dienen und Vertrauen, Unverzagt- und Mutvoll-Sein erlangt hat, darf die Nähe des Allmächtigen und Weisen spüren, das Ich Bin und das im Grundsatz nur das Allerbeste will mit seinen höchst naiven Weltenbürgern im so selbstgefälligen Äon. Derweil sind sie gescheit und raffiniert, tatendrängend und versiert geworden, dass man meinen könnte, ihre Einsicht würde zu Verbindlichkeit und Gebefreudigkeit, Empfindsam- keit und Menschenliebe führen. Noch viel zu rar sind diese Tugenden im Volk von Brüdern, Schwestern,

Demokraten und Vernünftigen vertreten, sodass Mein Machtwort ihnen flinke Beine machen muss auf dem geraden Weg zu Mir als genialer Schöpfer und Gebieter, Meister und erhab'ner Volkstribun.

Noch gilt es, Meine Herde mit dem Stecken durch das Weltliche zu führen, dessen Fülle sie zu oft missbraucht, um noch als majestätisch, klug und liebevoll zu gelten. Kommt dazu Mein Wille, alles Volk zur strahlenden Erkenntnis seines Götterseins zu führen, müssen gar Jahrtausende verstreichen, bis zur Erfüllung dieser hochgemuten Strategie.

Ich aber lasse mich auf keinen Fall aus Meiner Seelenruhe bringen, die zutiefst verankert ist in himmelhohen Geistessphären. Da habe Ich die Stunden nicht zu zählen und Mein Sein ist auf den Punkt gebracht der makellosen Wonne an Mir selbst und Meinem Alles-Überragen. Willst du diesen Einfluss der Gotteseligkeit auch spüren, so gib dich Meinem Um-Dich-Werben vollends hin, damit Ich deinen Geist in paradiesische Gefilde führen kann im Jetzt, wie im Allhier. Hebe deine Augen auf zu Mir und sei und lasse dich nicht täuschen von den Wirren deines Tages, wie von dem noch viel verwirrenderen Weltgeschehn. In deiner seelenvollen Geistigkeit bist du im Nu zu Meinem Geist erhoben, wenn du Mich wahrhaft liebst und deinem Sinnen, Trachten und dezenten Tun den Ton verleihst, den ihm Verklärte und Gotteselige verleihen. Finde reine Zärtlichkeit, an Mich geschmiegt, im Reich der überirdischen Gerechtigkeit - und sogleich bist du frei von allen Nöten. Erkenne deinen Wert als Sein vom wahren Sein und du bist wie von Engelwesen in die wonnevollen Höhn Elysiens getragen.

3.3

Wach auf zu dir und Mir, geliebte Seele, denn der Tag hat sich genaht, wo reine Freude herrschen soll in deiner Welt, im Bunde mit der Meinen. Hinan, hinauf hast du dich stets gewunden, ganz oben sollst du stehn; der Einheit Dom hast du gefunden, im seelenvollen Auferstehn. Ich öffne dir die Welt der Weiten, die über alle Sterne reicht und seh dich ins Unendliche entgleiten, wo jede Trübnis makellosem Geisteslichte weicht. Zu Mir Bist du ins Sein erhoben, wo Sanftmut, Glück und Wonne dich umweben und wo der Reigen seliger Geister deine Unbeschwertheit heiter und bedeutungsvoll umflort.

In der süssen Morgendämmerung darfst du in Mir Erhabenheit erleben, in der Mitte deiner Selbst begeistert stehn und im glückseligen Erheben zu Meines Freiseins Gotteswürde gehn. Vernimm Mein Wort in deinem Sehnen und zähle auf das Unerhörte, das Ich dir verleih, bekleide dich mit allem Schönen, das Meiner Grazie und Lebensliebe Zeichen sei.

Das Ewige erklärt sich aus der Fülle deiner Liebestaten, deren Sein du täglich Mir zu Füssen legst in unerschütterlichem Wohlgeraten, das du begeistert in dir hegst. Lass dich von Mir in wunderbare Höhen tragen, wo Meiner Liebesgärten Anmut dich umhüllt und wo sich dein natürliches Entsagen, mit Meiner götterlichten Grossmut füllt. Was du entzückt gewahrst, sind Meine seins-bedingten Triebe, in deren Strahlenbund du überglücklich ruhst; sie sind des Alls gesegnete und lautre Liebe, vom Sein durchdrungen, als dem Fluidum und Flötenton des Lebens, das da ist und seine Gunst und Güte überall geschwisterlich verströmt.

3.4

Was mag es sein, auf das Ich so viel Zeit, Beschwingtheit, mustergültiges Agieren und Genie verwendet habe? Das ist, um Mir ein Myriadenheer von Wesen zu erschaffen, deren Eigensein sich stets reproduziert im universenweiten Zaubergarten. Dabei sind immer, auf der Geistesseite, Meine Hände mit im Spiel, um das Wunderbare zu bewirken, das die Menschenaugen eben nimmer sehn. Das Leibliche wird jedem Erdenbürger als Geschenk der Götter präsentiert, worin sein Wesen Wohnsitz nehmen darf, um seine Werte weiter zu entfalten. Geist vom Geiste ist es, der aus Hintergründen alles Leben wirkt und es verwaltet, in unendlichem Begreifen.

Schlussendlich hast du dich als unsichtbares Medium von Wille, Denkkraft und Empfindsamkeit zu sehn, das lenkend, liebend und bewusst das vielgestaltige Geschäft des Lebens magistral vollzieht, um am Ende wieder ins Unendliche zurückzutauchen.

Das ist Meine Sicht auf was geschieht und soll in Zeit und Ewigkeit die Deine werden. Öffne deine Geistesaugen und bestätige dir, was du Bist und lebe fortan als Gewinner in dem Kampf um immanente Sicherheit, Bedeutsamkeit und Heiterkeit - mit jenem Lächeln, das die Gottessöhne seelenvoll auf ihrem Antlitz tragen.

3.5

Top-Qualität zu liefern ist gewiss nicht jedermanns Vermögen, bei Mir jedoch kann da bei Haut und Haar nichts anderes gescheh'n. Alles was Ich unternehme, gestaltet sich nach dem Prinzip vollendeter Genügsamkeit an der Idee die ihm zugrunde liegt. So auch der Gedanke an ein Wesen, das ein Abbild dessen ist, was Ich Mir Bin im unendlich weitgedehnten kosmischen Gefüge. Dabei ist geflissentlich das Sinnenfällige, wie auch das fabelhafte Phänomen des Geistigen, zu reflektieren. Bei Licht betrachtet kann es keinen grösseren Nonsens geben, als das von der Wissenschaft betriebene, komplette Ignorieren aller Geistigkeit, die doch die Basis ist des ganzen, wunderbaren Weltsystems. Daraus müssen akkurat bei der Erklärung des so unerhört komplexen Menschenwesens fehlerhafte Schlüsse massenweise resultieren. Präzises, Wahres und Geschniegeltes kann demzufolge nur der Schöpfer aller Dinge im Allhier vor aller Augen führen. So auch, was Ich Bin als Bild des Kosmischen im Menschen. Da geht es um die Wirksamkeit der fixen Sterne auf den schwebenden Planeten Erde ebenso, wie auf die wandelnden Geschwister, die im reflektierten Sonnenlichte ständig ihre geistigen Impulse zur gesamten Menschheit tragen. So ist alles Wachsen, Kommen und Vergehn im Erdenrund dem Einfluss des so liebenswerten Planetariums seit Jahr und Tag aufs Intensivste unterworfen. Revolution geschieht beständig im Zusammenhang mit allen Dingen in des Alls Befugnis und Gehaben. Somit ist, was Ich Mir Bin, auch deines Seins Bewandtnis und Rendite, Impuls, Substanz und all so zartes Zueinanderfügen. Sieh doch in Allem Meine Gegenwart und schon schaust du das ewig stille wunderschöne Angesicht der Gottheit, die in Allem ihres Wesens Fabelhaftigkeit dokumentiert.

Dein grösstes Glück ist es, o Mensch, dass Ich in deinem Wesen Meines Bin, voll Liebe dargestellt als geniales Abbild Meiner götterlichten Züge. Weide dich an dem, was du dir Bist, sei rein und gütig aus der Fülle Meiner makellosen Güte und

Gerechtigkeit am heilig- und glückseligmachenden, geheimnisvollen Leben.

3.6

Worauf stosse Ich am allerliebsten an? Auf Mich und Meine Wendigkeit im Pläneschmieden und -verwirklichen, im Raritätensammeln und den Kennern präsentieren, wie in Meiner Art und Weise, Überwältigendes anzugehn. Heisse Eisen pack Ich locker an, Traditionen brech Ich auf, um haufenweise neue zu begründen. Mein Liedchen ist noch lang nicht ausgesungen, Meine Stelle bis in alle Ewigkeit besetzt, damit die Dinge Meines Waltens immerzu auf Nummer sicher gehn. Die Rädelsführer rigoroser Taten versammle Ich um Mich, um ihren Wert zu steigern und ihr Budget ständig aufzubessern, damit ihr Aufstand vater-ländisches Profil erreicht, im Sich-Zusammenraufen und den Gottestest summa cum laude zu bestehn.

Wie willst du Bäume pflanzen, wenn sie keine Wurzeln haben? Wie willst du sie begiessen ohne Wasser und wie ihre Früchte pflücken, ohne dass sie eine Sommersonne ausgestanden haben? All die Elemente des Gedeihens habe Ich in deinen Sinnkreis und dein Metier getragen, um dein Herz gehörig zu erfreuen und um Meines, im Bewusstsein der Erfolge, freudiger zu gewahren. Stolz Bin Ich auf was Mir bisher schon gelungen und noch überzeugter will Ich sein ob all dem Neuerdachten, froh und formengross. Nie mangelt es Mir an Ideen, die vom fein Gesponnenen zum grandiosen Hüpfen in der hehren Absicht gehen, Unerhörtes, Unvergängliches und liebenswert Gestaltetes zu leisten. Meine Gründe sind unendlich gross und doch Bin Ich aufs Äusserste bescheiden, was die Ansprüche betrifft an ihnen.

Ich verschenke alles, was Ich Bin und habe, weil Ich aus der Fülle der unendlichen Substanz auch Unerschöpfliches erschaffen und zur strahlenden Vollendung führen kann, das heisst: zu Meiner Ehre, wie zum Hochgewinn der Welt, die Ich voll Inbrunst und Gelassenheit in Meinen Vaterhänden trage.

Dein Verlangen sei es nun, das Ganze mitzutragen und die Wirbel um das Sein geflissentlich zu glätten, indem du selber Bist und mit deinen offensichtlichen Talenten Gutes schaffst in Meinem Namen und mit Meiner namenlos verbindlichen Gewähr. Deine Güte ist vollkommen, wenn du Mich dahinter siehst, deine Absicht, zu gehorchen, wohl das Beste das du tun kannst in der langen Reihe deiner Wundertaten. All das heiligt dich und hält dich wach im langgedehnten Freudentag, den Ich zu deinem Vorteil generiere. Schau es recht und du bist ein Gemachter vor den Augen des erhabnen Herrn und eine Stütze für den Himmel, der sich über alle Wesen Meiner Gunst und Güte grandioserweise wölbt.

3.7
Vages muss in Wagnis umgewandelt werden. Demzufolge bist du auf die Grazie des Himmels angewiesen, die dich meisterlich, gutmütig und verschwiegen zu den prominenten Resultaten führt, die du dir vorgenommen. Nichts geht ohne Mich, wenn du auch nicht erkennst, wie sehr dich Meine Unterstützung fördert und belebt. Somit gilt es, ständig lernend, Meinen Weisungen Gehör zu schenken, um exakt und freudig dorthin zu gelangen, wo eben Ich dich haben will, aus guten Gründen, wie aus der Optik Meiner schöpferischen Qualitäten, die die deinen weitaus überragen.

Eigentlich muss, was du für dich selber bist, verblassen vor dem Überragenden, das Ich in dir bewirke, ständig, graziös und loyal. Deine Wege sind die Meinen. Wenn du das geziemend und profund bedenkst, kannst du getrost und sicher durch die ärgsten Fährnisse, Fussangeln und Gespinste fürbass gehn, um dein Verlangen zu befrieden und um zugleich froh und fromm in Meinen Diensten und Bedürfnissen zu stehn.

Ich liebe es, aus nichts ein Feuerwerk von faszinierenden und gloriosen Offenbarungen zu stilisieren, die die Welt entzücken und die Augen glänzen lassen vor Verwunderung und Andacht, Dankbarkeit und Seelenharmonie. Unbestritten Bin Ich Mir spontan und ohne jeden Zweifel überall der Erste, wo es was zu Rennen gibt und um alles Volk zu überzeugen, von den Qualitäten Meines Seins, wie Meiner strotzenden Natürlichkeit in allen Balgereien um den silbernen Pokal. Das ist, weil Meine Kräfte niemals lahmen und weil Meine Genialität die Strecke klüglich einzuteilen weiss in weniger und mehr, Windschatten, Spurt und Sieg weit vor dem Feld im fabelhaft gestalteten Erlangen. Nimm dir ein Beispiel an dem, was Ich ohne jeden Pathos unternehme, um allem was Ich will, gerecht zu sein und einem Weltbild von Erhabenheit und Würde, Menschlichkeit und strahlender Glück-seligkeit zu dienen. So ist es für Mich jedenfalls gegeben, eines Gottes Glanz begeistert hochzuheben und das Fest des fürstlichen Erfolgs zu feiern, den Ich ständig und allein für Mich in Anspruch nehme. Bedenke jedoch, dass Ich ohne jeden Abstrich: Inhalt, Energie und Wucht von deinem Bin, in allen Disziplinen, die du dir ins drängende Gemüt, sowie aufs blanke Vorhaupt eingeschrieben. Ist das nicht, wie nichts, bedeutend und bezaubernd schön?

Schenk Mir deinen Willen und du bist top gesetzt im Nu, weile in der Freude und Gelassenheit des Allerhöchsten und der Herzensfrieden, wie die Wonne der Verklärten sind mit dir.

3.8

Kräftige Ideen und Erwartungen begleiten dich zurück von deiner Audienz bei Mir im Nachtraum, den Ich dir tagtäglich neu erschliesse. Es weitet sich dein Seelensein hinein in Meine weiten Gründe und lässt sich von Mir königlich umsorgen. Was Ich dir vermittle, sind verehrenswerte Kräfte des erstarkenden Elans, mit dem Ich dich im Schimmer deiner Nächte noch so gern bediene. Meines zarten Strömens Energien tun dir wohl und weisen dir Vertrauen zu in Meines Waltens Auserlesenheit, exakt für deinen Fall und dein bedeutendes Erholen. Mach dich vertraut mit dem, was da geschieht, indem du dich im Strahlenlicht erkennst, das Meine Wohnstatt ist, Mein Fluidum und wundertätiges Beleben.

Ich wette, dass dir das aufs Trefflichste behagt und kann es dir beweisen, indem Ich dir eröffne, dass du eben deshalb beim Erwachen Ungemütlichkeit verspürst. Deine Welt persönlicher Natur am Tage ist mit jener gottbegnadeten im stillen Nachtraum niemals zu vergleichen.

Beide aber sind mit Mir und Meinem Sinngehalt verbunden und befruchten, was du Bist, in Sachen göttlicher Gelehrsamkeit, bis du begreifst, um was es geht und aus welchen gnadenvollen Reichen alle Kräfte zu dir strömen.

3.9

Meiner ewig jugendfrischen Stimmgewalt gemäss verkünde Ich, was Mir wie nichts am Herzen liegt: das Evangelium der Gottestat in allen Landen, Räumen und Verwirklichungen, universenweit gesehn. Es ist von Mir so viel an Überlegtheit, Scharfsinn, Genialität und schöpferischem Flair vorhanden, dass kein Menschenwesen redlich und mit Anstand für sich sagen kann: da ist nichts, was schaffend und gestaltend, wegbereitend und erfüllend hinter allem steht, was ist und was so seinslebendig und geschickt, gebildet und erhaben seine Wunderkreise zieht. Ich Bin der geistige Donator und Mäzen, der aus sagenhafter Fülle Ministerien der Wohlfahrt und Natürlichkeit errichtet und der sich nicht zu schade ist, von zuoberst nach ganz unten persönlich gegenwärtig, hilfreich und galant zu sein, um die Kinder seiner Gunst und Güte sanft und seelenvoll zu sich hinaufzuheben.

Bist du in Gedanken ganz bei diesem Allgeschehn, so wird es dir plausibel und gerecht erscheinen, dich voll Herzenswonne, Dankbarkeit und Ehrfurcht, dem unendlich Wissenden verpflichtet und verwandt zu fühlen im Vermehren der Talente, die es dir auf deinen Hochpfad mitgegeben.

Was Ich logisch nenne, sollst auch du in gleicher Weise als gegeben und gerecht, merkwürdig und natürlich vor dir sehn. Damit trittst du friedvoll und vernünftig ein in Meine Gründe und Erhabenheiten und unternimmst es, Meinem Reich das Deine beizufügen als ein Brautgeschenk des liebevollen Sich-Vermählens. Komm und sieh, was Ich dir in der Welt der Geisteswirklichkeit an Schönheit und Verlässlichkeit bereitet habe. Alles ist hier von urewigem Bestand und von einer Freundlichkeit der Sphären, wie du sie nimmer noch erfahren. Freudiges Erwarten jeder neuen Seins-Erkenntnis prägt dein Dasein und verbindet dich mit den bewundernswertesten und avanciertesten der Geister, die da sind und ihre Weisheit, Weitsicht und Entschiedenheit in alle Welt versprühn. Ich sage dir, da ist es gut zu weilen und mitten im Vollendeten und Fabelhaften, Liebevollen und Manierlichen zu stehn. Es ist der Benedeiten Adel und Sich-selbst-Begründen, die sich dir voll Grazie und Gottesminne offenbaren. Du schweigst in Andacht und Ergriffenheit vor dem, was dich beseelt, und lauschest der Verkündigung der Wahrheit wahren, wachen Seins im Unergründlichen und Fabelhaften, das dir innewohnt und dem du dich voll Zartheit und Glückseligkeit dahingeben.

3.10

Bekanntlich ist Mein Name überaus sensibel, vielschichtig, wohlbekannt und doch nur von ganz wenigen in seiner Tiefe recht begriffen. Das führt zu vielen Nennungen in aller Sprachen Varietee und Timbre, Stolz und Demut, Regsamkeit und Fantasie. In Meinem Namen wird gelitten und gestritten, Unsinn fabuliert, Erkenntnis propagiert und nichts und alles Mögliche behauptet, ohne doch den Kern der Sache zielgenau zu treffen und das Eine, wie es wirklich ist, gebührend darzustellen.

Das eben kann nur Ich, der Eigentümer aller Silben, die Mich in Wahrhaftigkeit, Realität und wirklichem Befund bezeichnen wollen. Silben sagen nichts und somit ist das schweigende Erfühlen Meiner Gegenwart der beste Name, der Mir zugeteilt und angemessen werden kann in allen Regionen, Traditionen und Erfindern von Begriffen, die weder Saft noch Kraft enthalten.

Wichtiger als alles dieses ist es, dass du dir Klarheit schaffst darüber, wer du Bist und wessen

Manifest und Mahnmal du im Grossen Ganzen, wie in jedem Detail darstellst, das die Wissenschafter so akribisch zu ergründen suchen. Hast du nämlich Mich in dir gefunden, ist das Geheimnis um dich schon gelüftet und du weisst, was Ich dir Bin, in deines Wesens Einheit mit dem All und seinen Iterationen.

Weisst du, was du Bist, so wagst du nicht, es allgemein bekannt zu machen, denn die Leute würden es nicht glauben und dich bestenfalls verhöhnen, wenn nicht gar ans starre Kreuz der Ketzer schlagen. Ich habe es gesagt und du bist Zeuge des gemeinen Aufruhrs, wie der Verbissenheit geworden, mit der ein jeglicher Gedanke an das Sein, das jeder ist, getilgt und ausgerottet werden soll nach den verstandestrunkenen Gemütern.

Ich aber Bin trotz allem noch derselbe, geistgeborene Erwecker Meiner Selbst ins strahlende Bewusstsein götterlichter Gegenwart in Universenräumen. Ausgerechnet du sollst dies Erhabene auch werden, denn die Zeiten sind gereift, wo eine Menschheit an der Schwelle der Erkenntnis der Allherrlichkeit in ihrer Herzensmitte steht. Das braucht dann kein Begründen und Verkünden, weil der so Verklärte weiss, was mit ihm los ist und was ihn erwartet in des reinen Seins Erheben und glückseligem In-Harmonie-und-Friedefertigkeit-Beruhn.

3.11

Versuche sind gar viele, rasch und ohne weiteres hinauf ins Sein zu kommen, doch ohne Einsatz aller Herzenskräfte und umfassender Geduld und Ehrfurcht ist dir kein Erfolg beschieden. Nicht jedem ersten Besten kann und will Ich Mich so leichthin offenbaren. Das Absolute findet sich nicht ausser dir, wo du es suchen magst, doch in der Mitte deines Herzens, wo die Stille thront und wo sich dir im schweigenden Betrachten, unbemerkt, der Himmel öffnet deines wahren Seins und deiner wunderbar beseligenden Perspektiven.

Was ist es, das dich so entschieden fasziniert am Zustand der Erhabenheit, in den du dich freimütig und gewissenhaft begebst? Das ist, dass du das Ewige in dir erfährst, als Geist vom Gottesgeiste, Sein vom Sein, die dich im Innersten beseelen.

Dies Projekt an dir und deinesgleichen ist das Bedeutendste, das Ich im Glanz und in der Wehmut unermessener Zeiten je begann und herzinniglich betreute. Denn es geht, wie nichts, Mich selber an, weil Meine besten Kräfte ganz persönlich in ihm wesen. Würde es misslingen, wäre vieles ungenutzt vertan und stände bei Mir als Verlust zu Buche.

Gerade in dich setze Ich die allergrösste Hoffnung auf Verständnis der subtilen Welten-Situation, die sich in unerhört vielfältigen Dimensionen darstellt und in sich ein Epos ist titanisch göttlicher Natur. Es aufersteht, es fällt in fulminant gewordenen Äonenzeiten wieder, derweil Ich ewig, unverwüstlich, ungeboren Bin, gottselig und gerecht in Meines Wesens gütestrahlender Präsenz, Bewusstheit, Einheit und Gehaben.

Sieh dich als ein Teil von Meiner Einheit heiligem Idol, das restlos in Mir aufgeht und dabei des Welten-Ich's Erhabenheit gewinnt in wundertätigem Begaben. Ohne Zweifel kann dir nichts Natürlicheres und Bedeutender's gescheh'n als diese Gnade des allherrlichen Begütens, wie des Aufersteh'ns in Meiner Gottesgründe Geisteslicht und liebevollem Mich-Vergluten.

3.12

"Komplett" wird es wohl niemals heissen an Elysiens vielbegehrten Toren. Vielmehr stehn sie jedem gütlich offen, der da will das Überirdische betreten. Warum ist es so Wenigen gegeben, diesen Schritt im Geistessinne ins Unendliche zu tun, derweil er doch dem Wanderer unendlich liebevollen Vorteil brächte, in des Lebens Drift, Verrenkung und Blamagen? Der Nektar zieht die Bienen an und so das offensichtlich süss Empfundene den Menschen. Er vergisst sich selbst, wenn eine Gabe lockt, die ihm Befriedigung und Wohlbehagen, gute Laune und subtile Lust verspricht in seinen glamourosen Erdentagen. Was kümmert ihn der Himmel, wenn die Erde doch so vieles bietet an Vergnügen nach dem Aufwand, den er ständig treibt, um die nötigen Ressourcen zu erringen. Krümmt keine Krankheit, oder eine andere Belastung, seinen Weg, so scheint er alles zu besitzen, was ihn glücklich macht, stabil und selbstzufrieden. Was zum Kuckuck fehlt ihm denn, dass er's nicht wirklich ist in seinem Ruhm-Erhaschen, Geld und Gut und Tausend Spezialitäten, die er gar nicht braucht in seinem so komplex geword'nen Leben? Das ist, weil seiner Seele die ersehnte Nahrung fehlt, die sich ergibt aus dem Verschenken der Talente, aus Hilfsbereitschaft, Nächstenliebe und Wahrhaftigkeit in jeder Weise des enormen Strebens nach Verwirklichung und Wohl.

Diese Werte aber sind dir mit auf deinen Weg gegeben, um dich sanft und sicher zu bedeutenderen Regionen deines Daseins hinzuführen. Denn, bei Licht besehn, kann nur die liebevolle Anteilnahme am Geschick der ganzen Welt zu ihrem Heil und zur bewundernswerten Einheit aller Wesen führen. Diesen Zustand trittst du an in der Vermählung mit den göttlichen Gedanken, die Ich für dich hege; was bedeutet, dass du friedevoll in Meines Reiches Weiten eingehst, wo du immer Bist und dich als das erkennst, was Ich Mir Bin in deinem Dich-Begründen.

Läut're deinen Sinn in diesem Sinne und sei frisch und froh und frei in deiner Andacht, Lebensliebe und Gelassenheit zu Mir erhoben.

3.13

Was schallt zu Meinem Lobe, was singt und spielt, von Klang beseelt, zu Mir empor? Mein Eigenlied aus Tausend Kehlen, wie aus der Begeisterung der Herzen, die ihm Pate sind, im linden Sommer-abendglühn. All so spricht Mich die Lust am Leben innig an und verbreitet ihren Wohllaut überall, wo Ich Mich finde, froh und feierlich, beschwingt und aufmerksam in der beseelten menschlichen Natur.

In diesem Falle hat es sich gelohnt, sie bis zum Punkt heranzuziehen, wo das Spielerische, Künstlerische überwiegt vor dem lethargisch und banal Alltäglichen, das kaum bewusst und schattenhaft vonstatten geht.

So liegt es denn an dir, dein Sein und Sinnen aufzuwerten zum wachen, tatenfreudigen Agieren. Dann blühen vor Mir Völkerscharen, die sich bewusst verstehn und ihrem Namen Ehre machen in Manierlichkeit und allgemeinem Frieden. Das Mass der Dinge ist das Herzgefühl, mit dem du messen sollst, was ist und was den Charme des Lebens ausmacht, wenn du nur begreifst, wie sehr Ich dir dabei behilflich bin. Ich füge alle deine Nöte noch zum Guten, wenn du Mir allein vertraust und deine Absicht Meiner angleichst, überall in deinem mächtigen und prächtigen Vagabundieren.

Schreibe dir dies Wort gehörig hinter beide Ohren und versehe deinen Part im Einklang mit dem Allerhöchsten, das Ich in dir Bin und deinem unermüdlichen Pulsieren.

3.14

Gibt es einen Merkpunkt in der Seinsbrigade, der Mir offenbart, wie weit die abenteuerlichen Menschen schon gekommen sind, im Entfalten ihrer Fähigkeiten auf dem Geistespfad? O ja. Es ist die Aura, die mit ihrem Farbenreichtum offenbart, welche Qualitäten der bewussten Seele innewohnen. Unentwickeltes ist dumpf und düster, Meisterliches strahlend, licht und schön.

Überhaupt geschieht, bei aller Rührigkeit der Welt, das Meiste, ohne dass wir es mit Augen sehn. Gedankenströme fliessen lebelang dahin im Unsichtbaren und bewirken geisteskräftig und real, genial und hinterhältig, was allüberall geschieht. Erfüllt ist der Empfindensraum von abervielen Indikationen schmerzlicher wie wonnestrahlender Natur. Ebenso sind dir die Willenskräfte tief verborgen, obschon sie des Bewegens Ursprung und Verwalter sind, in tatendrängender Manier.

So sind am Ende deine Äusserungen ein Produkt des übersinnlichen Gehabens, das auf deine Umwelt sehr sensibel reagiert. Und die Bin Ich im ewigen Die-Welt-mit-allem-was-da-ist-mit-Meinem-Sein-Durchfluten. Merke dir, dass alles Gängige und Hängige, wenn Ich Mein Geistpotential von ihm entfernte, dem Verfallen und Vermodern preisgegeben wäre. Das ist es, was du Tod nennst und -was Ich Bin- ist Leben, das du zwar geniessest, aber ihm kein Unverbrüchliches und ganz Reales zugestehst. Im Grund genommen blickst du immer nur das an sich Tote an und vergissest dabei, was Ich in ihm Bin als Leben, Licht und Freude, ohne jeden Vorbehalt in liebevollem Rauschen.

Hast du begriffen, was Ich hier doziere, schaust du schon die Welt mit Geistesaugen an und hebst dich ab von Tausend handelsüblichen Illusionen. Du erkennst dein Sein und lässest damit alles Fragen nach dem Sinn, wie nach der Zukunft fahren. Denn wer IST, versteht es, zeitenlos im Augenblick und Ewigen zugleich zu leben. Das ist dann die Erfüllung allen Sehnens aller Seelen, die da auf Erlösung harren und auf einmal Meines Himmels Wirklichkeit und Wonne vor sich sehn. „Kommet ihr Gerechten, tretet ein und seht, was Ich für euch bereitet habe", ist dann die sanfte Sage dessen, was Ich Bin, in eures Herzens Gral und eurer Seligkeit allherrlichem Befinden.

3.15

Sicheres Geleit, Titanenstärke, Rückhalt und Gerissenheit verleih Ich dir, nach dem Prinzip des dauernden Begütens deiner Lebenskräfte mit den Meinen. Was allgemein Verbindlicheres kannst du unternehmen, als Mein Wort und Meine schillernde Geschicklichkeit gebührend zu verkünden nach Begrifflichkeit und Kunstsinn der Gemeinde, die es will vernehmen. Zweifle nicht am Wert und an der Wahrheit dessen, was Ich immerzu besage: Dass die Auferstehung von den Toten ganz dasselbe ist, wie die Erkenntnis, dass du ewig lebst und gar nicht sterben kannst im Geistessinne. Weisst du dies, gehörst du zu den Seinsgewissen, die die Geistwelt wirklich, tatenträchtig vor sich sehn. Darin Bin Ich der König und Versierte aller Aktionen, die ihr Leitbild im verehrenswerten Gott-Bewusstsein tragen. Dein eigenes ist Meinem gleich in allen fabelhaften Funktionen, die es gütlich offenbart. Doch dies zu wissen, ist ein Brautgeschenk besond'rer Güte beim herzinnigen Vermählen deines Wesens mit dem Meinem im gottseligen Allhier.

Du bist ES immer schon gewesen im taufrischen Morgenschimmer aller Zeit und wirst ES immer sein, in der Behutsamkeit von Meinen unermessnen Gnaden. Was dich birgt und wohlgefällig macht, Bin Ich, wo du auch immer Hand anlegst und handelst, werkst, und operierst selbander mit Mir in derselben Art zu operieren.

Ohne diesen Gottbegriff wirst du in deiner Ansicht von der Welt beständig und bedauerlich fallieren. Du verrätst dich selbst, sowie du deinen Nächsten nur ein Haar krümmst, in Verblendung, Arroganz, Unwissen und herzlosem Tun. Hole auf, was du versäumt und lass die Liebe walten, die Ich dir herzinniglich vergab. Das weitet deinen Sinn beständig, bis zum Eintritt ins elysische Bewusstsein, das die Ankunft in der Fülle Meiner Gärten sonnenklar markiert und dir, im Zeichen der Erhabenheit, die Herzenswonne spendet, die dir, als Mein Kind und Kunde, als Mein Aufgefahrener und Seins-Bewusster auch gebührt.

3.16
Translation ins Göttliche ist dir beschieden, wenn du nur in Meine Stapfen trittst und alles, was du Bist, auf Mich beziehst, der Ich der absolute Herrscher Bin im universenweit gedehnten Geistgefüge. Kreator aller trefflichen Ideen Bin Ich, die das All befruchten und das Leben in ihm zur ersehnten Blüte bringen.

Wahrhaftig und gediegen ist, was Ich aus Meiner unvermittelbaren Schöpferkraft heraus entfalte, Mir und allen Bürgen Meiner Zunft zu höchsten Ehren.

Auch für deine Existenz und Edelmütigkeit war es schon immer ausgemacht, dass erst das Präsentieren deiner schöpferischen Qualitäten dich zum Vollblut-Menschen stilisiert. Denn damit gehst du die Verbindung ein mit dem, was Ich an gütestrahlender und zierlicher Besonderheit zu bieten habe. Andächtiges Staunen soll dich vor dem neu Erstandenen befallen und ein Lächeln seliger Zufriedenheit und Dankbarkeit auf deine Züge zaubern. Immer geh Ich dir voran und hinterlasse Meine hochgebenedeiten Spuren, aus denen du Entscheidendes für deine Künste lernen und erfahren kannst.

Auf diese Weise wird die Welt der genialen Geister rund, bedeutungsvoll und wahr und kann sich rühmen, eines Gottes Angsicht, Natürlichkeit und seelenvolle Heiterkeit zu offenbaren.

3.17

Wer sich trösten lassen will, ist bei Mir richtig angekommen, denn was Ich dir besage, ist von tiefem Mitgefühl, wie von der Heilkraft des Elysiums begleitet, seinsgedankenfroh. Alles was dir hier geschieht ist nicht das Letzte, was dir je geschehen kann, denn in Meinem Reichtum ist Unendliches im Spiel.

Es ist, es kommt und kündigt sich dir wie ein sanfter Windhauch des Erbarmens an, der deine Seele labt und deinem Sinnen Sicherheit verleiht des Ewigen, das Ich dir Bin und das noch jede Sorge sacht in Seligkeit verwandelt auf der Götterspur.

Wie sollte nicht das Höchste, das da ist, in seiner Kraft und Herrlichkeit dir aller Hilfe würdig sein in deinen Nöten? Du brauchst sie nur gehörig und voll Inbrunst Meinem Lauschen vorzutragen und schon öffnet sich der Fluss der Klarheit über deine Situation. Als Sein vom Sein kann dir mitnichten etwas Ungebührliches geschehn und deine Erden- wie die Himmelstage fliessen in konstanter Wohlbekömmlichkeit dahin, als wären sie nie reduziert gewesen.

In der Übereinkunft mit der Schönheit Meiner Ziele, glätten deine Züge sich zu einem Lächeln der Holdseligkeit am Sein und Leben, das dir nimmermehr vergeht. Du weisst - und wissend gleitet dein Bewusstsein seliglich in Meine Höhn, wo Friede herrscht, Gelassenheit, holdseliges Geflüster und unnennbar süsse Harmonie.

3.18

Komplett ist nun Mein Sein, weil Ich von Allem alles an Mir habe. Niemand ausser Mir wird das von sich behaupten können, denn alles Sterbliche ist mit dem Makel der Vergänglichkeit behaftet, wenn es auch immer wieder aufersteht. Im Grund genommen ist doch alles eine Sache des Bewusstseins, über das sich schwerlich diskutieren lässt, weil alle Individuen ein eigenes, persönlich eingefärbtes, an sich tragen. Die Weltenseele aber sehnt sich danach, eine Wissenschaft zu finden, die die Einheit fördert und ein Bündnis der Verständigen kreiert. Und die Bin Ich, das Sein in Allem, das sich als lebendig und unsterblich, präsentiert. Es ist das strahlend Zeitenlose, das sich als das Göttliche in dir erweist, von Meinen eminenten Gnaden.

Was hast du besseres zu tun, als dieses Faktum aufs Intimste und Bewundernswerteste, Beglückendste und Radikalste zu erkennen und deinem Leben damit die ersehnte Wendung zur Vollkommenheit zu spenden?

Da plädiere Ich dafür, in diesem Sinne Universitäten zu errichten, die nichts anderes, als die erhabne Wissenschaft vom Sein verkünden. Das läutet dann die Ära gegenseitigen Begreifens ein in allen Disziplinen des geschäftlichem wie des gesellschaftlichen Miteinander-Umgehns. Frieden zeitigt es und radikale Änderung der Sitten in der Geistkultur, die Ich voll Verve und Leidenschaft vertrete.

Ein klares Diktum ist dazu vonnöten ebenso, wie das Verständnis von dem Sein, das, was da ist, umfängt in allumfassender Gebärde wahrer Göttlichkeit und liebevollem Sich-Vergluten.

Die Moral von der Geschichte heisst: Du Bist und kannst, in der Erkenntnis deiner Selbst, dein Ziel und deine Seligkeit, dein Ein und Alles, wie die Erfüllung deiner Menschen-Göttlichkeit aufs Trefflichste besiegeln.

Das Wahre siegt und das Vergängliche muss unbedingt vor dem Allewigen weichen. Entfalte, was du in dir trägst, als das Geheimnis deiner Gotteswürde und du spürst, wie dich die Himmel preisen und dich die Seligen in ihrem Kreis aufs Freundlichste begrüssen. Nähre dich von Meinem Wort, o Seele, und vereine dich dem unaussprechlich Zarten und Verehrenswerten, das Ich Bin, voll Liebe und Vertrauen, Herzlichkeit, Verschwiegenheit und seelenvoller Harmonie.

3.19
Sagenhaft in Form Bin Ich, mit allen Meinen Qualitäten, einem Füllhorn gleich, von dem Ich zehren kann, wie immer mir's beliebt, um Meinem Werk ein neues, überragendes hinzuzufügen. Nichts zu bedenken gibt es bei Mir, der Ressourcen wegen die Mir zur Verfügung stehn, denn sie sind von unendlicher Natur und können von Mir, jederzeit gekonnt, erneuert werden. Wo es neue Räume und Verbindungen zu schaffen gilt, Bin Ich

besonders effektiv, weil Meine diesbezüglichen Begriffe alle Irdischen bei weitem überragen.

Hier ist zu erkennen, dass die ungeheuren Weiten immerzu per se entstehn, mit dem bedeutungsvollen Expandieren der erschaffenden Gedanken Meiner Provenienz, im rasanten Sich-Im-All-Verfluten.

Was meine Geistigkeit betrifft, versagt das Reden von kraftstrotzenden Dimensionen. Sie ist, als Trägerin des Offensichtlichen, die reinste Gottesenergie.

Ich versammle hinter Mir ein Volk von immerzu mit Denken und Gefühl beschäftigten Entfaltungsvirtuosen. Im Klartext heisst das, dass es nie zur Ruhe kommt, es sei denn, in des Schlafens Gloriole, friedvoll vor sich hin. Das schafft Bewegung und Geschwätz, tiefsinniges Vermuten, wie Gestalten meisterhafter Monumente massenweise im Allhier. Recht und Gut, doch dabei kannst du deinen Herzensfrieden und Relieve nicht finden. Es braucht gedankenlose Einsicht in das Wesen des Unendlichen, um deine Sehnsucht nach erhabenem In-dir-Beruhn zu stillen und dein Herz mit allem, was da ist, in Einklang und Gottseligkeit zu bringen. Meinem Dasein zu vertrauen ist dabei das allerdringlichste Gebot und Meine Liebe zu erwidern, die Bedingung für ein Menschentum von wahrer Grösse, Wohlbekömmlichkeit und seelenvollem Gottesfrieden.

3.20
Wo wirkungsvoll gedacht wird, ändert sich das Leben, wo das Denken lind und weise war, beherrschen gute Stimmung und Erfolg die Szene, die vordem eher problematisch war. Genauso fühlt sich eine Situation, bereinigt und flankiert von einem

guten Geiste, an, wenn du ihr Herzensgüte, Unbekümmertheit und Redlichkeit entgegenträgst, in deinem liebevollen Laborieren. Das wird dir zum Beweis, dass gute Kräfte hilfreich dich umschweben, um deiner Absicht tätige Entschlossenheit, Support und Grazie des Allerhöchsten hinzugeben.

Mein Zuspruch ist von einer Güte sondergleichen, die sich deinem Seinsbewusstsein mitteilt und es mählich wandelt, gloriosen Zeiten zuversichtlich, leichten Sinns und lebensfroh entgegen. Stimmt, was du willst und unternimmst, kann Ich dir dazu Meinen Segen, Meine Himmelskraft und Wohlgefälligkeit vergeben. Unglaublich aber wahr ist, dass ein Leben unter Meiner Führung formvollendete und fabelhafte Züge annimmt, die der Kenner als vorzüglich und genial bezeichnen muss, in seinem Urteil und Final.

Bisher war dein Dasein recht markant von Mittelmässigkeit und mittlerem Gewinn geprägt. Doch nun herrscht Aufbruch zu den Sternen, deren Schein dich in die Sphären göttlicher Brisanz und Geistesminne zieht. Du darfst dich wohlgemut und zuversichtlich auf der Fahrt in ein Bewusstsein höherer Ordnung fühlen, das dir Freiheit vom Massiven und Geborgenheit im unermesslichen Gewissen einer Geistigkeit gewährt, die deinem Wesen aufs Intimste angemessen ist.

Verherrlicht ist der Mensch durch Meine Gaben und mit Mir verbunden durch das Wort: Ich Bin wie du des Seins unendliches Gefüge, das aller Welt die Einigkeit im Geist gewährt, wie die Glückseligkeit der Einsicht in die allerhöchsten Sphären. Geistesland in Sicht, darst du dir sagen, Fülle Gottes im Visier und deiner Seele allergrösstes Wohlbehagen, im bezaubernden Allhier. Lass es dir gut sein bei dem Meinen und stärke, was du Bist, in Meinem Schoss. Dort öffnet sich dir das ersehnte, zärtliche Vereinen mit der Götterwohlfahrt, warm und grandios. Alles ist erfüllt, was sich dir je als Wunsch erwiesen, umfangen siehst du dich von Meinem Licht, und siehst es endlich als erwiesen, was in deine Seele lautre Liebe spricht. Es hat sich deines Schicksals Sinn für dich entschieden, du bist von allem, was da ist, entzückt und bekennst dich endlich zum All-Lieben dessen, was dich ewig, liebevoll beglückt.

3.21

Ich erwecke euch aus euren Träumen, Gentlemen, von Tag zu Tag bis ins Unendliche hinein. Gefangene seid ihr in eigensinnigen Räumen, die euch dem Ziel enthalten echter Lebenspoesie. Gründlich sollt ihr Lernen, wachen Sinnens da zu sein, um Meiner Botschaft Banner in der Seele zu empfangen. Der Wert, die Würde und Erhabenheit der Stille sind es, die sich ziemen für das menschliche Gemüt, wie für dein sehnliches Verlangen, alle Hektik hinter dir zu lassen, um in ruhiger und klarer Disposition das Soll des Tages abzuhandeln. Höchste Kunst bedeutet es, zu konstatieren was zuviel ist in der Aufeinanderfolge von Projekten, die sich lockend vors Gemüte stellen. Hast du ihren Wert fürs Ganze recht erkannt, kannst du sie kraftvoll vorwärts treiben in der wohlbedachtenTat.

Was aber ist das Ganze, wenn nicht Ich, der Meister allen Überschauens, wie der weise, wissende Vermittler im rasanten Weltbetrieb. Ich allein kann dir das Wort besagen, das die Sache richtig trifft, damit die Szene gängig wird und keine Unklarheiten herrschen. Schauen und nach Meinem Sinn entscheiden rat Ich dir. Das Sein zu pflegen ist der Inbegriff der Weisheit, der die Seele hoch beglückt und der die Grazie des Lebens ausmacht im unendlichen Allhier.

3.22

Bist du je durch eine Wasserpfütze galoppiert? Was ist Kunst, wenn nicht die manifest gewordene Idee des Einzigartigen, das alle Welt entzückt und von ihr Beifall erntet, lang und generös.

 Wer ist denn so gerissen, dass er Werte produziert, die die Menschenzeiten überdauern und dabei gar nichts von ihrem Glanz verlieren? Ich Bin es, der Vifste und Beweglichste von allen, der mit seinem Witz und seiner fabelhaften Fantasie Rekorde feiert noch und noch im Geistraum, den Ich meine.

3.23

Wolltest du die Kunst begreifen, musst du in Meinem Hause in die Lehre gehn. Da leistet sich das Eine, was sich niemand sonst gestatten kann: Ein Feuerwerk von zündenden Ideen zu entfalten, dass die Wildheit herrscht, zusammen mit dem Lahmen, die Weisheit mit den Toren und die Lieblichkeit - im Abschaum der Geschichte, Grazie verströmend, mild und generös.

 Wie immer ist der Unterschied frappant zwischen jedem echten Weizenfeld und einem wunderschön gemalten. Das eine ist lebendige Bewegtheit, derweil das andere die Illusion ist von der Wirklichkeit, in der Ich Bin und wese. Kunstvoll ist beides, doch das Erste ist von höherer Ordnung und vom Ich der Welt durchdrungen, das Ich Bin und dem nichts gleichkommt an Erfahrenheit und Fantasie, Holdseligkeit des Daseins und Gewissheit seiner selbst im Wunderbaren.

3.24

Alternatives stösst allüberall auf rauschende Bewunderung in mannigfachen Sparten menschlichen Betriebs. Es zeigt sich, dass das Völklein nur zu gerne Neues aufnimmt und goutiert, wenn es den Orthodoxen noch so lächerlich und überspannt erscheint in ihrem Gute-Sitten-Hüten. Hier steht die hochbrisante Frage, ob es nicht das Schicklichste und Radikalste wäre, Mich ein für allemal als Ideal des Fortschritts und der Unabhängigkeit zu wählen? So etwas verpasste deiner Menschlichkeit statt Ausgefranstes eine gottbegnadete Allüre der Erhobenheit ins Geistgebiet, das aller Wünsche Wirbel abdeckt und Unendliches ins Spiel bringt deines Räsonierens. Nicht Haben, Sein ist dann das Resümee und die Rendite deines Strebens nach Erfolg und ersten Rängen, Bewunderung und kapitalem Anderssein als das gemeine Völklein unter dir. Nur müsstest du die Gleichheit, Gleichberechtigung und Einheit allen Seins erkennen und dabei dein personales Ich dem Welten-Ich zum Opfer bringen.

Das ist dann die Erfüllung deiner kühnsten und gewaltigsten Ambitionen und die wahre Meisterschaft, die dich zuerst betrifft und dann auch alle andern. Wachsest du, dann wachse unbeirrt zu Mir empor und finde darin deines Seiens Wohllaut, Redlichkeit, erstrahlende Bewusstheit und Bravour.

4

Das Festliche und Liebenswürdige

4.1

Friedevoll und heiter ist die Aussicht auf das Ausgezeichnete das kommen mag zu Meiner Destination an diesem lichterfüllten Tage. Bis aufs Wohlbekömmlichste ist alles von Mir arrangiert und aufgeboten, um das Festliche und Liebenswürdige, das dem Natürlichen in Meiner Gärten Pracht geweiht ist, würdig zu begehn. Es sind des zierlichen Erfindens Tänze vorgesehn am Mückenteich im friedevollen Licht- und Schattenspiel. Rotkehlchen zwitschern ihre Lust durchs sonndurchschossene Geäste und am lichten Waldrand öffnet sich das weite, helle Tal mit stillen, träumerischen Höfen, in den Sommernachmittag versunken.

Das eröffnet Mir der liebevolle Blick durch eines Menschen Augenpärchen, dem nichts entgeht, was seiner Munterkeit entspricht und was den Wohllaut der Gefilde fördert in der schlummernden Natur. Eine Wiege des Entzückens ist Mir alles, was Ich Meiner Götterfantasie gemäss erschaffen habe, ein erfüllter Sehnsuchtstraum, der alles darstellt, was in Unschuld und Behagen seine lebenslustigen Kreise zieht, oder unbewusst sein Sein verdämmert, im unendlich trägen Zeitenströmen.

Sinn fügt sich zu sinnerfüllter Traulichkeit am Leben, das da ist und seine Kraft in Schönheit an den Tag verschwendet, den Ich liebevoll und heiter auf den Plan gerufen. Nicht vergebens ist Mir wohl darin und Meine Freude zieht sich in die Länge, bis die Dämmerung die rege Vielfalt in die wohlverdiente Ruhe taucht des nächtigen Gesäusels und Geflüsters, dort und hier und überall, wo Ich Mich seelenvoll veräussere im Wesen der holdseligen Natur.

4.2

Trabant zu sein auf irgendeine Weise ist immer noch berückend schön. Du kreisest still und andachtsvoll um eine vielgeliebte Mitte und verehrst, was du zu kennen glaubst, für Zeit und Ewigkeit in deinem Leben. Ich aber Bin Mir selbst der Strahlende, den Ich voll Inbrunst, Liebe und Gelassenheit umkreise, sei es in dir, wie in den Ungezählten, die ihrem Herrn voll Ehrfurcht ihre Referenz erweisen. Ich präsentiere dir die Dinge, wie sie wirklich sind und lasse dich erahnen, wie du Bist in deinem Seligsein und Wüten, deinem Herrschertrieb, wie deinem Hang zur Demut vor dem, was du nicht besiegen kannst. Wisse aber, dass es Einen gibt, um den du kreisest und den es pausenlos zu überwinden gilt in seiner Pracht und Stärke, der bist du, im weisen Überlegen dessen, was sich ziemt und was zuerst den Fortschritt deiner selbst begründet, wie den der Welt, die du so gern verändert und verwandelt siehst.

Was Mir gelungen ist, muss auch dein eigner Anspruch und dein eigenes Gelingen sein, dass du, von Meiner Hand geführt, zum Gott und Herrscher wirst in deinem Reiche. Darauf bauend kann Ich dich zum Sieger und Verbündeten in Sachen Sein erklären, das alles, was da ist, in gleicher Weise kräftig, liebevoll und väterlich durchströmt, ohne nach Erwiderung zu fragen. Erkennst und anerkennst du Seiner Güte Mass, bist du geheilt von deines Eigendünkels Widerstreben und darfst dich in der Sicherheit des Ewigen wiegen, derweil es bei dir ein- und ausgeht nach der Art und Weise deines Dich-Verhaltens in des Lebens Schicht- und Grossbetrieb. Du Bist und kannst es kaum noch fassen, dass das Allerhöchste dir und deinem Dich-Begreifen innewohnt in grandiosem Über-Dich-Verfügen. Aber das ist wirklich und wahrhaftig das

Prinzip, nach dem die Welten generiert und aufgeschlossen, austariert und eingerichtet sind. Alle sind die Meinen und du brauchst sie nur in hehrem Schreiten zu betreten und schon Bist du, im Bewusstsein, vom Elysium umgeben. Was immer heil und heilig, unsterblich, geistvoll und glückselig ist, Bist du in deinem Dich-Verwundern, wie in deiner Gottesfreundschaft, ohne jeden Zweifel voll Begeisterung und Grazie im Wunderbaren.

4.3

Wohlan, mit deinem Sein und Trachten magst du alle überrunden, die in deinem Sinnkreis ihren Handel und ihr Handwerk treiben. Deine Ehre vor den Menschen nimmt bedeutungsvolle Züge an, sie preisen deine Tüchtigkeit, wie den Erfolg, der deinem Eifer zugeschrieben. Nun gut, was stimmig ist, das soll man dir nicht nehmen, doch fehlt in deinem Palmarès das Wichtigste, das deinem Siegeszug vorangehn sollte: der Bezug zu Dem, der alles gibt und alles nimmt in deinem unerhörten Nach-Verwirklichung-Streben.

Wie kommst du wohl zu diesem allerwürdigsten und allerhöchsten Ziel? Es ist die Einsicht, dass der ganze Weltbetrieb von einem namenlos geschickten Etwas angetrieben und auf Trab gehalten wird, das alles Offensichtliche bei weitem überragt und dem die allerfeinsten Dinge der Natürlichkeit, wie des ereignisvollen Lebens zugeschrieben werden müssen.

Und das Bin Ich, der innig zu dir spricht, um dich in deinem Seelensein, wie deiner Geistigkeit, aufs Allerbeste zu vergüten. Was du bisher nur ahnen konntest, soll dir zur unumstösslichen Gewissheit werden, dass du im Geistessinne ewig Bist und dass dein Sein genau dem unermesslich weiten

Weltbewusstsein und Gebaren wunderbarerweis entspricht, von A bis Z und schon seit Abermillionen Jahren.

Hast du das begriffen, greift dein Wesen bis ins Äusserste des Sternenraums hinein und vernimmt mit auserlesenem Entzücken seine sanft gestimmte Melodie. Du brauchst nur da zu sein und ihren Wohlklang überglücklich zu vernehmen, um zu wissen, dass das die Erfüllung aller deiner Wünsche und Bestrebungen bedeutet. Keine Grenzen kennt die Dankbarkeit für das, was du dir Bist, all dem was Ich dir Bin entgegen und das ist unermesslich weise wissend, liebevoll und seinsgrazil.

4.4

Du musst nicht reden, du musst sein mit allen Konsequenzen für dein Weiterkommen auf der Lebensbahn. Dein ganzer Ehrgeiz soll darin bestehen, Mich, das Unendliche, zu suchen bis du es in freudenvoller Genialität gefunden hast in dir, wie Mir, im Reich der hunderttausend Gnaden. Das bedingt bedeutungsvolle Lebensdisziplin, erwartungsvolles Schweigen vor dem Unbekannten, das sich dir begreifbar machen will, sowie die Überzeugung, dass es ist und allem seine Würde gibt im Welterfahren.

Die Verbindung zwischen dir und Mir ist zwar schon immer so herzinnig und bewundernswert gewesen, doch muss es dein Bewusstsein erst erkennen in der Strategie der Hoffnung, des Vertrauens, wie der liebevollen Tat am Sein und Leben, die du führst. Deine Seele hat dann ausgelitten, wenn sie sich dem Schicksal fugenlos ergibt, das ihr für diesmal ist beschieden. Das heisst: Mein Wille, nicht der Deine soll geschehn. Wenn du schon einsiehst, dass sich aller Welten

Brauchtum und Brimborium im Zuge Meiner überragenden Gedankenfülle abspielt, hast du bereits den Aufschluss über deine wahre Wirklichkeit gefunden. Alles was du Bist, bewegt sich in des Gottes universenweit gedehnten Räumen, in denen du als Freier schöpferische Akte zu vollbringen dich erkühnst. Götterarbeit darfst du leisten und göttlichen Geblüts dir deine Wege selber weisen. Das ist dann die Weisheit, die Ich dir verleihe für dein Tun; die Meine wird es sein im Glück der strahlenden Erleuchtung, die dich von Mir überkommt und die von Redlichkeit und Herzenswonne, Geistgeburt und seliger Erfüllung weiss ein innig Loblied zu erzählen.

4.5

Himmlische Nacht, die so viel bringt, was dir der Tag nicht spenden kann. Es geschieht, dass eine Seele heimwärts ins Unendliche der Sphären flieht, wo sich ihr Räume öffnen von Erhabenheit und seligem Gewinn an Freiheit und verlässlichem Agieren. Die Rolle, die du spielst, ist von der irdischen wie Tag und Nacht verschieden. War dir noch eben vieles zimperlich und kleinlich in ein Meer von Ängsten, Zwängen und Illusionen eingebettet, siehst du dich auf einmal der Wahrhaftigkeit der reinen Geistwelt gegenüber, die dein Sinnen weitet und dein Seinsgefühl ins Göttliche erhebt. Du gewahrst dich selbst als ein unendlich Wesen, das ohne jeden Mangel, ohne Zeit- und Raumbegriff, in Redlichkeit und Wachheit existiert. Wie kann es anders sein, als dass dich darob ein enormes Freudgefühl durchströmt, an dem du dich erlabst und kräftigst und an Seelensicherheit gewinnst wie nie zuvor. Wer kann dir soviel von dem, was dir treu und nützlich ist, vergeben? Ich, das unbescholtene und makellose Sein, das alles ist und dem die Dinge all im Universum angehören. Kannst du ermessen, dass du Es bist, ohne jeden Abstrich und mit einem Weltverständnis ohnegleichen? Diese Frage zieht dich machtvoll, zart und unablässig in ein Vakuum, vor dem dir grauen kann und dem dich hinzugeben namenlose Kühnheit und Herzinnigkeit bedingt, in deinem Dich-Begründen. Doch, wenn du diesen Schritt zu leisten fähig bist, kennt deine Wonne und Begeisterung am Schicksal, Sein und Leben keine Grenzen. Du bist frei von deinen Eigenheiten und erkennst dich als Mein Eigen, lichterstrahlend, seinsgetragen, machtvoll und bescheiden, unsterblich und aufs Innigste beglückt im Wunderbaren.

4.6

Durch Meine Gnade ist die Welt geworden, durch ihren Wohllaut wird ihr Wesen rein und gross. Ich bin darauf versessen, mit dem Namen auch das Ding in makelloser Eintracht mit sich selber zu kreieren und es auf seinem ewig unerschütterlichen Lauf voll Liebe zu begleiten und zuinnerst zu verstehn. Was ist das Sein, wenn es nicht sein Eigenes mit Tüchtigkeit versieht und ihm jede helle Hilfe angedeihen lässt, die es befördert und erhebt in der nie endenden Entfaltung seiner Züge. Evolution muss aus sich selber immer weitergehn und Mir ist es in dir gegeben, dem unendlichen Wohin den rechten Weg zum Gotteswohl zu weisen.

So trägst auch du in dir das Mal der ständig sich erneuernden, geheimnisvollen Lebenskräfte, die, von Mir genährt, den evolutionenlangen Aufstieg erst ermöglichen und ihm den Götterschwung verleihen, nimmer still zu stehn.

Nach diesem Seinsprinzip muss alles Menschliche, sowie das Erdenrund, verwelken und vergehn, um wieder, neu geformt und von Mir angetrieben, sichtbar zu erscheinen. Als Geisteskraft jedoch ist ihm die Unvergänglichkeit gewährt, die sich im steten Wandel fortträgt durch Äonenzeiten.

Siehe, das Bist du und darfst es immer in Mir bleiben als Mein Teil und zugleich als das Ganze einer Universenwelt von Schönheit und Entflammen, Farbenprächtigkeit und lauterem Genie, Empfindsamkeit und Grazie des Allerhöchsten, das Ich Bin und das du Bist in wunderbaren Einklang mit der Allnatur.

4.7

Nichts wird dir überwälzt, was du nicht zu bewältigen vermöchtest, denn Mein Ermessen ist gerecht, vernünftig und subtil. So liegt es denn an dir, aus Allem, was dir zu gehören scheint, das Beste und Bewundernswerteste herauszuholen. Effizienz und Tatendrang sind die zwei Brüder, die Erstaunliches zuwege bringen, wenn Begeisterung am Werk sie stählt und Meine unbegrenzten Kräfte ihnen hilfreich zur Verfügung stehn. Auf Treu und Glauben ausgerichtet, wird dein Leben frisch und frank und wunderschön, denn Meine Redlichkeit und Vatergüte wacht beständig über denen, die da guten Willens ihren Part versehn. Mühsal geht dir nicht verloren, weil sie deinen Willen, dein Vertrauen, deine Demut und Geduld zu wahrer Grösse stimuliert im Gottesreiche, dem du klugerweise angehörst.

Es sind die puren Egoisten, die wie aus dem Himmel fallen, durch ihr eigensinniges und fehlerhaftes Laborieren. Macht und Moneten führen sie ins Jenseits meiner Seinsidee, die zwar Verpflichtungen und Turbulenzen bringt, das Innere jedoch in Harmonie erstrahlen lässt und wunderbarem Frieden. Letztlich ist des ganzen Daseins Treiben ein unendlich virulentes Abenteuer, das sich im Geistessinne abspielt auf dem Weltenplan. Da gilt es, dem Persönlichen, das sich oft wie ein widerborstig Eselchen benimmt, den Standpunkt klarzumachen, der da heisst: „Du hast nun das aufs Allerbeste auszuführen, was Ich dir befehle, der Ich dein Gebieter Bin von Gottes Gnaden und Befehl". Auf diese Weise wirst du Meisterschaft und Herrschaft über dich erlangen, wie sie unübersehbar auch in deinem Schicksals- buch verzeichnet sind. So herrschen Ordnung, und Gewissenhaftigkeit in deinem Leben, wie des Gottes Grazie, Grosszügigkeit, Manierlichkeit und seelenvolle Harmonie.

4.8

Aberviele wollen nur von einem Könner seines Fachs bedient und ausgebildet werden. Und der bin Ich in Sachen Leben, Lebenlassen, Daseinsqualität und hypermotiviertem Streben. Nun gilt es, Mich zu suchen und zu finden im Dickicht der gepfefferten Versuchungen wie der Vergnügungen en Masse, die dir ständig feilgeboten werden. Seelenruhe, Abstinenz und guter Wille sind vonnöten, um dem, was Ich dir sein will, auf die Spur zu kommen. Es hat schon mancher reüssiert in allen Breitegraden der Geschäftigkeit, wie des geschäftigen Renommierens und ist doch wie ein Schelm in finsterer Nacht an Mir vorbeigeschlichen. Da zeigt ihm das Gewissen an, dass etwas unbotmässig und nicht koscher ist in seinem hektischen Betragen. Hört er's winseln und versucht er, auf die leise

Herzensklage einzugehn, steh Ich ihm gleich zur Seite und gewähre ihm Verzeihen dessen, was er an Meiner stillen Welt zerbrach. Das bedeutet Götteramnestie und Auftrieb, einem Korken gleich aus Wassertiefen, dass er schleunigst an die Oberfläche schiesst, um dort der Helle und des Strahlenlichts der Geistessonne zu geniessen. Was Erbarmen ist und liebevolles Anteilnehmen am Geschick der Menschen, kann man bei Mir bestens lernen. Ich zünde Seelenlichter an und verheisse denen, die sie schauen mögen, nach der Zeit der Turbulenzen, inniges Relieve und gnadenvolles Seinsbehagen. Nichts weiter als die Sache deines strahlenden Bewusstseins ist es, ob du dich in Jammertalen oder auf den Höh'n Elysiens bewegst. Du brauchst dich nur vertrauensvoll und dankbar unter Meinen Schutz zu stellen und schon bist du frei von der Bedrängnis der Ganoven. Bin Ich dein Fürst und Vater, dein Verwalter und Gespan geworden, nicken dir die Blümchen Meiner Zunft Vergessen zu und überzeugen dich vom Wert und Willen der Kaskaden Meiner Güter, die Ich dir vertrauensvoll verehre. Du Bist Mir immer der Vasall der guten Hoffnung auf ein happy end im Streite um den Geistbereich, den Ich so dominant vertrete. Alles ist dir offen, was Mein Sein, wie dein's, betrifft, du brauchst nur durch das Tor der göttlichen Vernunft und Unbescholtenheit zu schreiten und schon klingelt dir das Wörtlein „Sieg" in beide Ohren.

Spute dich und sei, was Ich dir Bin und teile mit Mir, was die Seligen und Seinsverklärten, Selbstbewussten und Grazil-Gewordenen erleben.

4.9

Welche Richtung schlägst du ein, wenn Ich dich wandern heisse über's Lebensfeld mit seinen Tücken und Verstiegenheiten? Ich geh zu Gott, darfst du Dir schlicht und innig sagen und erwandere Mir eines nach dem andern von den Gütern, die Mir schon seit Ewigkeiten zustehn, aus dem himmelfürstlichen Verfügen.

Güter aus dem Jenseits können dir nur hilfreich und beglückend sein, weil sie von Mir, dem Allerreinsten, Talentiertesten und Friedevollsten kommen. Zudem ist es so, dass Ich Mich in dir ganz gewiss aufs Köstlichste und Liebevollste selbst beschenke im erhab'nen Kolorit des Seins, das allen zukommt, die da sind und ewig in ihm bleiben.

Kannst du endlich dich für das erwärmen, was dein Sein betrifft, so bist du auf dem rechten Weg zu dir -und Mir- und kannst es kaum erwarten, bis du angekommen bist, dort, wo die Dinge sich voll Nonchalance und Grazie von selbst erklären. Durch des Freiseins Serenade und Begriff entsteht Verschiedenheit auf allen Ebenen des Seins, im Hoffen und Erwarten, Impulsieren und Regieren, wie im genialen Vorwärtsdrängen zu bedeutunsvollen, meisterlichen Zielen. Konflikte sind da programmiert genauso, wie das Streben nach Vereinigung der Gegensätze, denn der Sinn nach dem, was sich schlussendlich alle sind, geht nie verloren.

Wandere du immerzu, wohin du willst, du schreitest unbedingt und unaufhörlich Mir entgegen, der Ich deine Zelle bin, wie dein unendliches Umfangen. Lässest du dich los, so Bist du allsogleich in Mir, dem Allgebieter und Erbarmer grossen Stils, dem du vertrauen kannst und der dich selig macht nach deinem kühnen, heldenhaften, allverständigen und liebevollen Dich-Begründen.

4.10

Christi Heilkraft, licht und schön, dir gegenüber eine Herzensgnade und ein Kunstwerk der Barmherzigkeit von unermesslichem Bedeuten. Liebestrahlende Vernunft will Ich hier nennen, was den Sonnenhelden herzensgut dazu bewegt, die Menschheit von der Drift ins Erdendenken zu erlösen und ihr Auftrieb in die Höh'n der Geistwelt zu verleihen. Damit das geschieht, sind deine besten Kräfte und Empfindungen vonnöten, die dein Wesen zur Erkenntnis Seines Reiches führen. Nicht von dieser Welt ist es, aber von des Äthers lichten Zonen, die dein Seelenheil und deine Heiligkeit begründen. Dein Streben nach Vollenden deiner Menschlichkeit ist in den Strom der Christusliebe eingeflossen und bewegt sich unablässig dem Erfahren reiner Göttlichkeit entgegen.

Dem wahren Heil geht immer Heiligung all dessen, was du tust und bist voraus. Es ist die Summe deines Wohlgeratens, wie die Ankunft in elysischen Gefilden, die den Weisen und den Reinen, den Gütigen und Gottgesegneten bereitet sind. Was Wunder, wenn nur wenige dies Ziel erreichen; welcher Aufwand an gelebter Zeit und gutem Willen ist vonnöten, bis die Vielen die Gefilde der Gerechtigkeit und Gottesebenbildlichkeit errungen haben.

Das Christuswesen tritt voll Ernst und Milde vor dich hin und lädt dich dazu ein, an seinem Werk und Willen teilzunehmen. Nur für diese sollst du künftig dich verwenden und sollst damit aller Himmelsanmut angehörig werden, die da ist und ist von Mir gegeben und geführt, gewährt und gütestrahlend ins Unendlliche erhoben.

4.11

Wer immer aus der Reihe tanzt, tanzt unbedingt und kräftig Mir entgegen. Nur dass sein Wille dem Erhabenen und Unbekannten gilt, das Ich Mir Bin und das so viele unbewusst und doch voll Eifer und Gewissenhaftigkeit erstreben. Da ist es dann an Mir, die so in Meinem Sinne Engagierten mit göttergütigem Entgegenkommen zu belohnen. Das ist dann Meine Art, Mich in der Welt bekannt zu machen, indem Ich in den weisen Herzen eine Ahnung generiere von dem überirdischen Getue und Getuschel, das im Geistreich herrscht und dem sich alles was da ist zu beugen hat, wie im Kotau der Japanesen.

Meine Bitte aber an die ehrfurchtsvollen Streiter um Gewissheit auf der Geistesspur ist die, dass sie nicht locker lassen in der hehren Suche, bis die strahlende Gewissheit vom Ich Bin sie wie der grelle Blitz erleuchtet und mit Gotteskraft belebt. Das ist dann die Geburt des Ewigen in ihres Seelenseins glückseligem Gefieder und verleiht den so Begabten eine Sicherheit des Seins von fabelhafter Dichte, wie von einer Herzenswonne, die vom stillen Morgendämmer bis zur Neige jeden Tages nachklingt im Bewusstsein der Verklärten.

Willst du einer von den ihren sein, so komm und handle nach Gesetz und Ordnung göttlicher Manier und bringe Dem unendliches Vertrauen und Relieve entgegen, der dich wie die Glucke hütet und dir wie die feine Glocke ins Gemüte klingt von heimatlichen Gründen in der Geistnatur.

Das ist dann das Heil der Welt, von dem die besten Schriften ihren Ursprung haben und wovon die sehnsuchtsvollen Seelen ständig träumen. Es ist da im Augenblick, wo echte Liebe herrscht zum Nächsten, der genau wie du Mein Schöpfergut und Meine Zierde ist von auserlesenem Geschmack im tätigen Kreieren. Weide dich an dem, was du dir Bist im Gottessinne und verrichte ein Gebet der Dankbarkeit für so viel Würde und Erhabenheit, Bewusstheit und Gespür, die Ich dir auf dem Weg der Evolution ins Götterlichte liebevoll verliehen habe.

4.12

Notker Balbulus, was stotterst du beständig vor dich hin: I-,I-, Ich Bin und weiss doch nicht, was das bedeuten soll in Meinem mitternächtigen Skriptorium. Es hat sich mir ergeben, dass ein Funken Licht auf meine Seele fiel, von dem ich rätsle, was es sein soll und von wem. Das könnte Ich dir sagen, lieber Gast in Meines Seins allherrlichem Gewölbe, das auch deines ist von namenloser Weite, Lichtheit und Bravour. Du sitzest still auf deinem Höckerchen, von Büchern rings umstellt und saugst doch nicht aus ihnen, was dir wirklich frommt: Das sagenhafte Ich-Gefühl von Gottes liebevollen Gnaden. Doch wirst du's schon erlangen, wenn dein Wille willig aufwärts strebt in Meine gütestrahlenden Gefilde, derweil dein strahlendes Bewusstsein mählich aufersteht zur Schau vollendeter Gottgeseligkeit und wunderbarem Seins-Behüten. Das macht dich jugendfrisch, holdselig und erhaben und verleiht dir Flügel für dein Weiterkommen auf der Bahn der Hochverständigen in Sachen Gottgefälligkeit und Liebenswürdigkeit in grossem Stil.

Es schweigt der Saal, die Kerze flimmert aus und deines Hauptes Schwere sinkt zum Folianten nieder, wie zum Schlummer der Gerechten in der Hall of Fame umhegt von Meiner grenzenlosen Prälatur.

4.13

Gestaltung fängt im ganz Bescheid'nen an. Meisterdinge brauchen Phasen der Erholung und Betrachtung, um zur vollen Reife und Verlässlichkeit zu kommen. So auch des Menschen gloriose Konstitution. Ist auch sein Körperwesen zu bewundernswerter Reife und Entschiedenheit gelangt, so ist in ihm das Reich der Emotionen noch gewaltig zu veredeln und stabilerem Verhalten zuzuführen. Auch das Bewusstsein von sich selbst ist noch so wenig ausgeprägt, dass daraus die markantesten Verirrungen entstehn. Doch bist du, so wie Ich, auf Fülle und Vollendung angelegt, die dir im Lichtmass der Gezeiten zugeeignet werden sollen.

Unmutig oder zornig wirst du nimmer sein, wenn Meine Milde sich in deines Blutes Strömen eingerichtet hat. Da rauscht es dann wie ein vergnügtes Sommerabendwindchen durchs Gewinde deiner Adern und lässt dich froh sein und gestillt in deiner Welt des wachen Träumens. Einmal wird dein Seinsbewusstsein so gestärkt und offen sein für das, was du dir wirklich Bist, dass deine Elemente alle in das Eine münden, das Ich Bin in grandioser Weltgewandtheit, wie im Schoss der Geistigkeit in Meines Urseins blühendem Gebilde. „Ich Bin wie du", darfst du dann voller Andacht vor dir selber sagen und dich auf Mein Wort beziehn: Ihr werdet Söhne Gottes heissen, Töchter Zions und beglückte Erben alles dessen, was in Meiner Fülle und Verheissung vor euch liegt. Ohne Wenn und Aber wird es euch gegeben, wenn ihr nur zur Einsicht fähig seid, dass es euch zusteht als den Seienden von Gottes Wirklichkeit, Empfindsamkeit und liebevollen Gnaden.

4.14

Sorgsam abzuwägen ist, was Ich den weltlichen Offizinen von Meines Zustands Richtwert und Beglaubigung erzähle. Denn, was nicht glaubhaft ist, soll auch nicht unters Volk und zu den Leuten kommen. Da stellt sich denn heraus, dass das Verständnis dessen, was Ich sage, nur davon abhängt, ob's die Völker hören wollen, oder nicht. Da müssen guter Wille, Konzentration, ein reines Herz und Sachverstand vorhanden sein, um Übersinnliches gehörig zu erfassen und versteh'n.

Es gilt nichts anderes, als in der Geistwelt sich zurechtzufinden, die Ich, glänzenden Gewissens und holdseligen Erfahrens, väterlich regiere. Du erwirbst die Schau auf was da vor sich geht, indem du jeglichen Gedankendenkens dich enthältst und wartest, bis sie dir von Mir gegeben werden. Das nenne Ich dann: über deinen Intellekt verfügen und Meine Weisheit und Geschliffenheit zur vollen Geltung und Bravour zu bringen.

Meine Seinsgeschichten sind so schön, derweil sie eine heile Welt beschreiben, die so wirklich ist wie jede and're auch, in der gelebt, gelitten, und gestritten wird im Überschwang der Zeiten. Meine Werte sind: Mich völlig frei zu fühlen in Bezug auf alles, was Ich unternehme, wie auch die Gewissheit, dass Ich aus der Fülle unerhörter Kräfte schalten kann und walten, ohne, dass sie je versiegen. So ist es Mir vergönnt, Welt um Welt im All zu etablieren, die mit Jugendkraft und Lebensmut begabt sind, mit enormem Reichtum der Erfindungen und beglückenden Gestaltungen, noch kaum zu zählen. Ich reiche Wunderwerk an -werk und treibe sagenhafte Blüten überall, wo es Mir einfällt, in Erscheinung und bewusste Wirklichkeit zu treten.

Meine genialste Absicht aber ist es, in den so geschaffenen Wesen dem Bewusssein Raum zu geben, dass sie sind und, ohne jeden Abstrich, Meine Geisteskraft vertreten und in ihrem Reich und Reichtum über sie verfügen können. Erst die Erkenntnis macht sie wirklich frei in ihrem eigenweltlichen Gehaben und lässt sie vor sich selber als ein Meisterwerk, am universenweiten Meiner Provenienz, erscheinen. Glück vom Glück ist ihnen so gegeben, Auserlesenheit von Meiner Art und Schritt um Schritt in eine Zukunft von Erhabenheit, Holdseligkeit und liebevollem Seinsgenesen.

4.15
Glaubhaft und gerecht verfahre Ich mit denen, die da Einsatz zeigen, guten Willen und Verlässlichkeit im Dienst an Meinen Gütern. Ihnen öffne ich die Geistesaugen für die Sicht auf Meines Reichs Gediegenheit und Unbekümmertheit in Sachen Lebensstil. Ich halte ihnen alles, was sie zum Entfalten ihrer Pläne brauchen, zur gefälligen Verfügung und sorge unablässig und ver-schwenderisch, liebevoll und gütig für ihr geistig Wohl. Was willst du mehr, als der Gesellschaft der vor Gott Gerechten angehören, die trotz aller Lebensdrangsal die sie auszustehen haben, selig lächeln können in der Seinsgewissheit, die sie unentwegt beseelt und sicher macht in ihrem Schwadronieren.
Mit der Güte Gottes Hand in Hand einhergehn muss die Güte deines täglichen Benehmens. Du kannst nicht Gnade von dem Gott verlangen, ohne selber gnädig gegenüber allem, was da ist, zu sein. Vor allem auch dir selber gegenüber, weil dich alles Regellose schädigt und dich Meiner Welt entzieht.

Achtvoll Achtung sollst du vor dir haben, wissend, dass Ich in dir Bin, als deine Leuchte, dein erhabender Beschützer, wie dein Chlorophyll.

Nun gut, es sei, wie Ich dir sage: Gross Bist du vor dir und winzig vor dem, was Ich Bin, in des Universum gloriosen Sich-Verteilen. Dennoch ist dein Sein im selben Augenmass an Mein's gebunden, das dich selbander mit Mir ins Unendliche erhebt. Verzage nicht vor diesem Rätsel und traue dir Vertrauen zu in Mein Erkennen, das dir werden soll, in wunderbar geschniegelten, gespiegelten und Wirklichkeit geword'nen Geistesregionen.

4.16

Konstruktiv und clever lässt sich alles an, was Ich seit Äonen wirkungsvoll im Schilde führe. Auf Meinem Niveau kann es weder Fehlverhalten noch Versagen geben. Mein Freisein ist an Mein Genie gebunden, Meine Herzlichkeit, wie an die Fähigkeit, das Ideale, das Mir vorschwebt, bis zum letzten Zacken zur Vollkommenheit zu stilisieren. In dem Mass, in dem du Bist, verhält es sich mit dir genauso, wie Ich Mich für Mich verhalte. Im Nicht-Sein jedoch bist du in das Räderwerk der Illusionen und Versäumnisse gefallen, aus denen du dich tunlichst zu erheben hast; in Meiner Grazie und Seinsbewusstheit driftest du ins weidenschlanke Wohlverhalten.

Aufbruch nenn Ich, was dich zu Mir führt, Unverletzlichkeit, was Ich im Status der unendlichen Gediegenheit repräsentiere. Nicht ohne ist daher der Rat: sei was du Bist im Gottessinne und verhalte dich wie einer, der da weiss, was sich gebührt. Der Redliche Bin Ich und somit hat für dich die Stunde der Wahrhaftigkeit geschlagen allsogleich, wie du in deines Denkens Attitüde dich mit Meinem restlos gleichstellst im bewussten Identifizieren.

Das allein ist deiner Würde rechtes Mass; alles andere ist unter ihr und ist zutiefst und innig zu beklagen. Was du dir eingebrockt und angemessen hast, ist ein Missbrauch der Freiheit, die Ich dir bei deinem Urbeginn gewährte. „Verspätung" ist auf deinen Hinterkopf geschrieben und „Ich komme trotzdem an, wenn Ich Mich spute" auf das Vorhaupt, dass du's in Gedanken ständig lesen kannst in deiner menschlichen Zerfahrenheit, wie in der Sehnsucht, wahre Grösse und Erquickung zu erlangen.

Das ist Mein Wort zum ewigen Tage, den wir absolvieren: du in Unbewusstheit, Ich in der erklärten Glorie des Selbstbegreifens und der Wachsamkeit im Paradiesesgarten, der Mein Ein und Alles ist, in seligem Durchmessen seiner Weiten, geistvoll, wesenhaft und wahr.

4.17

„Libera me domine", bettelt deine Seele Mir entgegen, und Ich will ihr schüchternes Gebet und Bitten gern erhören. Alles was du hattest, scheint dir wie ein tief verhangner Traum, aus dem du nun erwacht bist in die Wirklichkeit der Geistessphären. Eine neue Welt liegt, wie von sagenhaften Höh'n gesehn, vor deinem Schauen und du begreifst, was du dir Bist, im Einzelnen, wie in der unermessenen Vielfalt aller Phänomene, die, von Mir erzeugt, in der Gedankenwelt erscheinen.

Du trugst ein Bild von allem, was sich wirklich nennt, in deiner Seele, doch sahst du nicht das bildende Agens dahinter, das Ich Bin und das allein sich wirklich nennen kann, weit über allen menschenweltlichen und wissenschaftlichen

Dimensionen. So enthüllt sich dir das wahre Antlitz einer Gottheit, die ihr Sein bewusst und liebevoll in deine Seele spricht, um sie mit ihrem Geistesatem zu beleben. Das Ewige an sich ist wunderbarerweis in diesem feierlichen Akt enthalten und vermählt dich mit dem Einen.

Bedeutendes hast du in deiner Binsenwirklichkeit getan, doch das Bedeutende kommt dir von Mir und Meinem Einfluss zu in grandios gefächerten und liebenswerten Massen. Nimm und sieh und sei und mache dir ein Fest daraus, zu wissen, wer du Bist, in aller Einfalt und mit soviel Komplikationen. Verzage nicht, denn Meines Ich's Begründen ruht als reiner Goldschatz gnadenvoll in deinen Tiefen als der Reichtum, der dein Alles ist, wovon du zehren kannst in allen noch so heiklen Situationen. Des Welten-Ich's Erhabenheit in dir erstrahlt wie ein Juwel in deinem Dich-Begründen und befördert deine Demut ebenso, wie deine jubelnde Begeisterung am Sein, in das du eingebettet bist in wunderbar beseeligendem und holdseligem Bewahren.

4.18

Weidmannsheil hör Ich den Zöllner rufen, der Mir den Eingang zum gelobten Lande offen hält im Seinsbehüten. Da denk Ich Mir: Nach deinem Wort soll Mir geschehen in dem Land, wo Milch und Honig fliessen und wo ewige Fülle herrscht an köstlichen Ressourcen, die das Herbeigewünschte nach Belieben decken in des Daseins Freudensaal. Es ist das Reich der kühnen, selbstbewussten Geister, das Ich meine und von dem geschrieben steht: ihr, Meine Freunde, tretet alle ein, Ich will euch segnen und erquicken, wo ihr geht und steht und euch die Güte des Erhabenen erweisen, nach dem Mass des Seinsvertrauens, das ihr in der Seele hegt.

Unerhört gediegen und salut ist, was sich in den Reichen Meiner Wohlfahrt und Verbindlichkeit, Makellosigkeit und ewigen Genüge abspielt, währenddem sich Meine Bürgen an dem Geisteslichte gütlich tun, das Ich in alle Welt verstrahle. Das zu erkennen, ist dein Menschenlos, und, alles was Ich dir empfehle, geflissentlich zu würdigen, dein Soll im Reich des guten Willens und der freien Tat. Du schaffst dir selber, was dir nützt in Meinem Sinne, wie auch das Schädliche, das dir zu meiden aufgetragen ist, nach göttlichem Befehl. Wie weise ist es, so zu handeln, dass die Götter, wie die Menschen, sich daran erfreuen können und kein Jota einer Unbill aus dem Tatendrang ersteht. Fein säuberlich ist alles, was in Redlichkeit und Wohlgesonnenheit zu tun ist, vorgegeben und, hältst du dich daran, läuft dir dein ganzes Leben, wie von leichter Hand gesponnen, beseligend voran. In Mir und von Mir ausgegeben, ist alles, was du unternimmst, ein wohlbewahrtes Freudenspiel, an dem sich deine Sinne königlich erlaben. Alles Goldene ist echt, was dir geschieht und was dich von der Qualität und Schönheit Meiner Gaben überzeugt im Märchenlande, das Ich gütlich und vertraulich, liebevoll und zärtlich vor dir aufgeschlagen.

4.19
Wer sich Mir vertraut, erwirbt sich göttlichen Relieve und findet seine Lust und Stärke am Vollbringen dessen, was Ich glorioserweise impulsiere. Die Kraft der Kleinen wird durch Meine Arme gross, die Übermacht der Mächtigen erleidet Schiffbruch an dem Wehr, das Ich ihrem Tun entgegensetze.

Lächerlich ist es, einem Gott Paroli bieten wollen; zweifelhaft, auf Eigenes zu bauen, wo der Götter Türme aberwuchtig in den Himmel ragen. Nicht Sistieren lässt sich, was Ich auf den Tisch der Evolutionen lege. Behäbig strömt das Unvermeidliche dahin, wo Ich ihm Tal und Meer gegraben habe. Du tust gut daran, zu Mir ins Boot zu steigen, wenn du nicht untergehen willst im reisserischen Allgemeinen. Meine Sache ist auf den begehrenswerten Punkt gebracht der Eigenständigkeit, wie der Verfügbarkeit nach Mass und Ziel und Gläubigkeit am grandiosen Werk das Ich vertrete. Schaffst du es, nach dem Unendlichen gebührend Ausschau, Kurs- und Kennerblick zu halten, belohn Ich dich mit fürstlich angesetzter Gage. Denn unübertroffen ist die Generosität, mit der Ich mit den Meinen handle, wenn sie sich zu Mir bekennen und den Unfug fahren lassen, der sie fangen will auf ihrer Siegesfahrt.

Breiten, steten Willens strebe Ich voran im Universenschreiten; seelenvoll und leise künde Ich dir an, was es für dich zu tun gibt, auf der hochgespannten Strecke, die du gehst. Nichts geht über deine Kräfte, wenn du Meiner dich versiehst, keine Bürde ist zu schwer im Bereich des Ausgleichs aller Lasten den Ich dir zugewiesen und voll Weisheit vorbehalten habe. Bitte quäle dich nicht mehr mit Unzulänglichkeiten, da du dich von Mir beschützt und auserkoren weisst zu Göttlichem und Überweltlichem Gepräge. Leichtfüssig und bezaubernd komme du daher, im Seins-Bewusstsein das Ich mit dir pflege. Schöpfe Güte aus der Meinen und vermumme deinen Geist nicht mehr. In des Freiseins Attitüde heisse Ich dich hoch willkommen und erhalte dich auf ewig in der majestätischen Natürlichkeit, die allem

Götterlichten, Wachgewordenen zur Ehre und zu Ruhm gereicht in Meinen Rosenräumen.

4.20

Wunderbar gerecht und nobel, seelenvoll und heiter Bin Ich gegenüber allem, was da kreucht und fleucht und noch nicht flügge ist im Lebensgarten. Unlogisch und unfair ist es anzunehmen, Ich sei selbst dem Geringsten gegenüber, das da ist, nicht herzlich wohlgesinnt. Warum denn muss es soviel Ungebührliches und Lasterhaftes, Delinquentes und Verruchtes geben? Das ist, weil sich im Menschental, des freien Über-sich-Verfügens wegen, noch allzuviel Bequemlichkeit, Uneinsichtig-keit, Lieblosigkeit und Macht verbreitet hat, die allesamt nach Korrektur und Besserung rufen, und diese bilden die natürlichen Gesetze, die Ich den geliebten Meiner Huld mit auf den Weg gegeben. Jeder Fehler muss sich selber korrigieren, heisst die heimische Parole, die das Unvollendete gehörig mit dem idealen Bild vergleicht und es diesem angleicht mehr und mehr. Mählich bildet sich die mustergültige Synthese zwischen dem, was wird und dem was in Mir ist, als reine Freude, Friedefertigkeit und Harmonie. Die Vernunft wird die Verständigen zur Wachsamkeit und Lebensliebe stilisieren, die das Wunderbare fertigbringen, dass sich ihr Bewusstsein wandelt und sie sich ob ihrem makellosen Tun in aller Wirklichkeit bei Mir im Paradiese fühlen.

Wer gelenkig ist, wird auch von Mir zu dem, was ihm zuinnerst frommt, erhoben. Das ist der Hoffnung Seim, die du in deinen Nöten hegen kannst. Ich warte und agiere, wie es sich für einen Gott gebührt, am Ganzen, das Ich Bin und das Ich liebevoll zur Seins-Erfüllung führe. Nenne dich:

Geliebter meines Herrn, und sei in Meinem Dienste Diener deiner selbst, indem du dir gehorchen lernst nach Mass und Ziel der Göttlichen, die, ihres Geistseins ganz gewahr, als Seinserhabne seelenruhig über allem schweben.

4.21

Bewertet werden weltweit -after all- die herrschenden Gedanken, die zu grandiosen oder miserablen Taten führen. Schon hier beginnt das Geistige sich in den Vordergrund zu stellen und dennoch wollen es die Menschen partout nicht als wesentlich und weltenschaffend gelten lassen. Wissenschaftliche Erkenntnis muss mit dieser unbedingt vereint und ausgestattet werden, damit das Übersinnliche im Menschentum zum Zuge kommt im Reichtum seiner Variationen.

Die Gedanken aber sind aus bestem Hause, nämlich allesamt von Mir, derweil du deine nur kopierst von denen, die schon längst vorhanden waren. Das spart Zeit und Kraft, denn von den Urgedanken bis zu deinen ist von Mir ein ellenlanger Weg zurückgelegt und ausgekostet worden.

Die Geschichtlichkeit des Denkens ist der sinnenfälligen bei weitem überlegen und so gilt es, durch Erkenntnis höherer Art, die man geistes-wissenschaftlich nennt, voranzukommen. Da gibt's kein Spekulieren und Rangieren, Besserwissen und Behaupten, denn Erkenntnis ist, von Mir gegeben und geführt, die Wahrheit, götterlicht und unverbrüchlich schön, bezaubernd und erhaben.

4.22

Kontakt mit Mir zu pflegen heisst, das Wichtigste zu tun, das du dir denken kannst in deinem lebelangen, heiteren Philosophieren. Die Seele leidet, wenn sie einsam und verlassen steht. Doch mit dem Wissen um Mein Gegenwärtigsein kommt Freude auf in ihrem so subtilen Existieren. Sie weiss, wie gut Ich es mit ihrem Dasein meine und wie sehr Ich ihren Bitten Vorschub leiste und erquickendes Gewähren. Das ist der Punkt, den du dir merken solltest: es besteht so etwas wie ein Zwiegespräch selbander mit Vertrauten, wenn du gelernt hast, dem so fein gespendeten Gelispel Meinerseits aufs Innigste zu lauschen all so lange, bis du es entziffern und in Worte fassen kannst. Das ist dann der Strom der Weisheit, der Erkenntnis und der Gottesliebe der dich überkommt und dein Bewusstsein aufhellt, Mir entgegen. Die hohe Geisteswelt erweist sich dann für dich als das Vollkommenste und Heilste, was da ist, und alle ihre Triebe sind aufs Innigste bestrebt, holdseligen Frieden, Harmonie und Wohlfahrt zu verbreiten. Verlässt du dich auf Mich, so will Ich dich niemals verlassen und, bewegst du dich in Meinen lichtdurchschoss'nen Räumen, kann deinem eigentlichen Wesen niemals etwas Ungebührliches geschehn.

Das bedeutet für dich das Erkennen, dass du Bist und ewig sein wirst, herrlich in der Herrlichkeit des Herrn und aufgeführt in den Annalen wahrer Göttlichkeit von Meinen Gnaden. Sinn darüber nach und sei und fühle dich gestärkt und frei, begeistert und befugt, das Grandiose zu vollbringen.

4.23
Den Nachweis bringen, dass du Bist, kann nur der, der Ich dich selber Bin mit aller Seinsgehörigkeit und allen wunderbaren Funktionen. Seinsverdichtung nennt sich, was da einmal ein geflügelter Gedanke war, von Mir erdacht und ausgegeben in

Allweiten, wo er sich schlussendlich als erstarrte Wirklichkeit und Formung präsentiert. Vorstellung wird zu Vorsatz und Vorsatz zur vollbrachten Tat im Seinsgefüge, das Ich in Äonen Mir erschuf. Auch dir soll das zur Selbstverständlichkeit und Gottesminne werden.

Programmatisch reichen sich die Dinge der All-Ewigkeit die Hand und stilisieren sich zu einer Wucht und Gnade, Tradition und Seinsgediegenheit von unschätzbarem Wert empor, von dem die Göttlichen beständig träumen.

Was auseinander klaffte zwischen dir und Mir, schliesst sich gedankenvoll und zart zur Einheit allen Seins zusammen. Das Abstrakte wird konkret und die Gefühle der Barmherzigkeit umfangen sich im Wohllaut reiner Liebe und Gerechtigkeit am Leben. Du Bist in Mir der Wonne des Elysiums dahingegeben und erfährst dich als das Es im Freudenschwall und in der Glorie des Allerhöchsten, das sich dir verschenderisch vergab.

4.24

Auf hohem Seil den Abgrund überqueren ist kein Kinderspiel. Jedoch die ellenlange Stange bringt dem Mutigen das Equilibrium - und das Bin Ich in jedem noch so heiklen Falle, den du dir zum Schauplatz deiner Ruhmestaten auserwählt.

Meine Akrobatik hält sich in sich selbst in wunderbar bedeutungsvoller Schwebe. Meines Mich-Verkreisens Kräfte ziehn sich an und streben auseinander haargenau nach Meines Willens Wucht und wunderbar gefälliger Balance. Schwerelosigkeit kommt ebenso zum Zuge, wie die Ballung zu Gewichten, die sich masslos ins Unendliche bewegen. Gravitätisch und dynamisch präsentieren sich die Himmlischen im Sonnenkleide und verstrahlen ihren Glanz und ihre Weisheit in die Weiten des vergeistigten Azurs. Ihrem lichten Wesen sollst du folgen und so viel Vertrauen in dein Können wecken, dass du neuen Himmeln neue Wesen zugesellst, aus reiner Götterfantasie geboren.

So ist alles auf dem Weg zur allergrössten Glorie nach Meinem Sinn und fürstlichen Gehaben. Deines Freiseins Würde ist aus Mir geworden und verliert sich wieder in dem Einen, das Ich Bin und das in ihrem Seinsgehalt und Grunde alle sind, selbander mit dem All verbunden. Geistigkeit floriert am Ende wie zu Anfangstagen und vermittelt das Empfinden von unendlicher Gelöstheit, Himmelszärtlichkeit und seelenvoller Harmonie.

4.25
Die Gebete, wie dein Weh, bringen dir und deinem trauernden Gemüt den besten Freund nicht wieder. Ist er von dir weggezogen, ziehe du mit ihm, gedankenvoll und wunderbar empfindend, durch's Unendliche dahin, wo aller Liebe Seim und aller Sehnsucht Lieblichkeit sich wunderbar verbreiten und die Seele trösten offenbar. Dass dies geschieht, sei dir ein Zeichen Meiner Huld, den leidenden Geschöpfen gegenüber, die von Feingefühl und wahrer Freundschaft was verstehn. Die geht nämlich an der Schwelle zu den ewigen Gefilden nicht verloren, sondern lebt und webt selbander mit den so Geliebten ewig fort und lässt die schwebenden Gefühle auf besonders innige Weise neu erspriessen. Was Ich finde, findest du beizeiten ebenso und auch du labst dich an dem Sein der Welten, die weit über allen irdischen bestehn. Nicht Trauer, sondern Seelenglück und Frieden herrschen dort, wo keine Grenzen mehr

den Wohlverstand behindern und wo die Wesen sich in freiem Austausch und voll Anmut auf's Ergiebigste begreifen.

Du befindest dich schon jetzt mit deinen Seelenfibern in der Welt, die Menschenaugen nimmer sehn. Das zu wissen und zu spüren soll dir inniglich zum Heil gereichen und die Ansicht von dir selber weiten ins Unendliche der Sphären, die schon immer Meine, wie auch deine, waren. Nur wusstest du es nicht, weil dein Bewusstsein nicht der Reife kundig war, die deinem Menschsein jene Würde bringt, die ihm gebührt und die es auch vollendet mitten in der strahlenden Präsenz der Gottheit, die Ich Bin und die in allem, was da ist als Sein und Wesen sich verbreitet, universenweit, in liebvollem, seinsnatürlichen Gehaben.

5

In enormen Geisteshöhen

5.1

Was erheblich ist variert beständig, je nach der Art, wie man es ansieht, in den Niederungen menschlichen Befindens und in enormen Geisteshöhn. Für deinen Zeitbegriff hat eines Menschen Lebenslänge schon beträchtliches Gewicht und gar Jahrtausende, schön an den Fingern abgezählt, müssen dir als ewig lang erscheinen. In Meinen Augen jedoch rechnet sich der Umgang eines durch den Äther sausenden Planeten wie ein Tag und ob dem königlichen Umlauf einer Sonne um weiss was für eine Mitte, wird für Mich ein schlichtes Gottesjährchen abgelaufen sein. Ebenso sind die Distanzen deiner Version recht gut in Kilometern zu begreifen. Im überirdischen Distanzbegriff jedoch gilt es, Entfernungen in lichtdurchschossenen Jahrtausenden zu zählen. In diesem Kontex zeigt sich deine Leiblichkeit nur noch als doppelfüssige Mikrobe und dein leiblich Leben nur gerade als ein Blitzchen in dem Seinsgewitter, das Ich dauernd inszeniere. Dieser götterlichte Zeitbegriff jedoch führt Mich dazu, dem Menschlichen im Evolutionenschreiten über Generationen des Erscheinens: Dauer, Lerngewalt und angemessene Bedeutung zu verschaffen.

Was ist es, das sich wiederholt in wunderbar berechneten und auserles'nen Lebenssprüngen? Meine Wenigkeit und Wendigkeit, die Minikrimes mit dem Grandiosen kräftevoll -und siebenzart- verbindet in dem unermesslich Einen, das Ich Bin und dem auch du, in der von Mir geprägten Gotteswürde angehörst, für Ewigkeiten.

5.2

Womit ernährst du deine Seele, Mein so liebenswert gewordener Kumpan? Was zeitigt in ihr Wohlgemutheit, Seinsgeborgenheit und Frieden? Ich, der sie geschaffen und mit wunderbar gesegnetem Empfinden ausgestattet hat. Sie glüht erwartungsvoll dem Kommenden entgegen und weiss sich nicht zu lassen in bewegtem Hin und Her ob dem, was sie nicht kennt, in ihrem ängstlichen Vermuten. Da ist es hilfreich Meine Ansicht zu erfragen im Bewusstsein, dass Ich weiss und dass Ich alles, was da ist, zum Guten lenke, wo es immer gut sein möchte, in der Seele traulichem Revier.

Warum soll Ich nicht die Befugnis und die Kräfte in Mir tragen, das zu ändern, was bedrückt, wenn Ich es selber Mir erschuf? Du hast aus Unverstand, Nachlässigkeit und eigenwilligem Verhalten vieles sabotiert, was Ich vertrauensvoll in dir errichtet habe. Doch wenn du einsiehst, wo du gegen Mich gefehlt, kann Ich dir helfen, Schöneres und Edelmütigeres in die Welt zu setzen, als es vordem war. Das ist dann die Stunde des Vereinens aller Gegensätze zwischen dir und Mir, sowie der Eintritt in die Sphären Meiner Geistpotenz, Gewissenhaftigkeit und seinvollendeten Genügsamkeit am Weltenwerk, dem Ich in genialer Schlichtheit Meine Absicht und Gedankenträchtigkeit und -prächtigkeit verlieh. Du bist ein winzig Rädchen im gewaltigen Getriebe, doch hast du die Freiheit, vieles zu blockieren, was des flüssigen Verkehrs bedarf um schicklich und gedankenfroh voranzukommen. Lass es bitte Meine Masche sein, was weltenweit geschieht und unterstütze das Allgöttliche mit deinem Willen zur spontanen Güte, Redlichkeit, Uneigennützigkeit und Liebe, allesamt in Mir.

In dieser Weise nährst du deiner Seele Sehnsucht nach Gelassenheit, Vertrautheit mit dem Ewigen, das Ich dir Bin, wie mit der Seligkeit, die wunderbarerweis daraus ersteht. Was willst du mehr? Das Seligsein befreit dich von den Banden, die du dir selber auferlegt. Das Wissen um dein inniges Verhältnis mit der Geistwelt, die Ich Bin, errettet dich aus allem Trübsinn und verleiht dir Flügel der Barmherzigkeit am so komplexen Weltgeschehn. Du Bist und schaust mit mir hinunter auf das bunte Treiben und begreifst es und ermunterst es, wie Ich und du zu sein und sich selber als vereint mit allem was da ist, begeistert zu erleben.

Einheit in Gedanken und Gefühl erzeugt die Einung in der Tat und schafft elysische Gefilde überall, wo sich das Menschliche und Göttliche in ihrer innigen Vermähltheit recht begreifen.

5.3
Das Gottesauge überschaut von ganz zuoberst auf der Pyramide allen Seins das sprossende und staunende, verzweifelte und motivierte Leben, das die Wesen alle führen, durch äonenlange Zeit und durch immense Räume gleitend im Allhier. Wer verbietet dir, nicht ebenso begeistert und zutiefst bewegt zu schauen, wie sich das Natürliche und Menschliche in stetem Wandel präsentiert und, in sein Kommen und Vergehn versunken, Meiner Schöpferwürde huldigt, unbewusst und mählich Mich begreifend, offenbar.

Was soll das alles, müssen sich die vielen Menschenhäupter überlegen, die mit ihrem Dasein schlecht zurechte kommen? Ob arm, ob reich, sie haben sich in ihre pittoreske Wirklichkeit verschanzt und können Meine Motivation zum Schaffen genialer Güter nimmer sehn. Dennoch sind sie auf dem Weg zur Einsicht, dass nur das vertrauend spielerische Mir-Entgegengehn in allem, was da ist, den Sinn gebiert, den Ich in die Gebärde Meiner Welten eingewoben.

Wen kümmert's, dass ein einsam Alpenblümchen dort in aller Stille, völlig unbeachtet, aufblüht und vergeht? Doch Mich allein, der Ich's so liebevoll zum Dasein brachte und mit dem versorgte, wessen es bedurfte, um lebendig und in sich vollendet dazustehn. Ist es keines Menschen Lust, so ist es Meine, die sich an alldem freut, was ihr vollendet darzustellen glückte.

Du selber wirst, wenn dir das Schöpfer-Sein gerät, an dem was du geschaffen, Begeisterung und Sinnerfüllung finden. Schaffe also und befreie dich damit von allem, was dich hemmen und betrüben will in deinem höhwärts Streben. Das ist gemeint mit Meiner Lehre vom Verständnis der Gesetze, die die Welt beherrschen. Einmal wirst du ihren Charme und alle Wohlfahrt reiner Lebensliebe recht verstehn und wirst ihr nachzueifern suchen, bis du selber in ihr aufgehst, schön und tapfer, im so farbenfroh erstrahlenden, verheissungsvollen himmlischen Azur.

5.4

Gewissheit kann Ich dir verschaffen über deine Lage in der Welt von gestern, heute und in aller Zukunft, unbedingt in Mir. Da greifen Meine überschauenden Gedanken tief in das Vergangene hinein und überstreichen wohlgemut und gründlich die so sehr verschiedenen Ereignisse und Evolutionen von Äonen. Da fällts Mir ins Gewissen, wie die unbewusste Menschenmasse sich allmählich individualisierte und im vereinzelten Geschöpfe zielbewusst voranging, wie Ich's heute in der Mehrheit der agierenden Gemüter seh. Wo führt das hin, will ich hier fragen? Bleibt es so ungelenkt, dass jeder nur für sich das haben will, was ihm am ehesten behagt, führt das ins Chaos, fern von jedem Anstand, Mitgefühl und solidarischem Gewissen der Gemeinschaft gegenüber, die die Menschen bilden. Sie sind das Künftige in ihrem jetzigen Sein und Treiben und sie haben das, was Ich voll Güte vor sie stelle, zu begreifen, um dem Ganzen einer Gotteswelt von Meiner Diktion und Balustrade wieder Raum und Inhalt, Förderung und Geistigkeit zu geben. Die Einsicht inniglich zu fördern, trete Ich hier auf den Plan und rufe die Verständigen zur einigen Geschwisterschaft zusammen, die der Same ist zu einer Welt des Seinsvertrauens, der Verträglichkeit, wie der Erkenntnis, dass das Gute sich aus Geisteshöhen stilisiert und alle Niederungen mit dem Segen des Allherrlichen befruchtet, bis sie aufblühn in Natürlichkeit, Verehrung, Seinsge-fälligkeit und wunderbar beseelter Harmonie.

5.5
Geradezu banal erscheint das Erdenbürger-Leben, wenn es nicht das Meine glorioserweise in sich schliesst. Und das ist eine weltumspannende Gebärde der All-Herrlichkeit, die als bewegt und ruhmvoll strahlend vor dem Menschensinn erscheint in Majestät und Würde, Fraternità und Kraft im Weltenschwingen.

Sternenweisheit will sich, stillen Strahlens, in dein Denken schmiegen, planetarische Bewegtheit in dein Herz und was die Erde aufstösst und gebiert, ist den Welten-Willenskräften unterworfen. Du aber hüllst in deinem Wesen alle drei zu Einem ein und bist darin das Abbild Meiner selbst, vom Grandiosen in das Winzige gezogen.

Einmal wird sich dein Bewusstsein bis zu Mir ins Universengeistige erheben und sich in der göttlichen Drei-Einigkeit aufs Wunderbarste etablieren. Was du dir Bist, ist immer auch Mein Sein und ist das Sein der Wirklichkeit, in der wir sind und liebend uns bewegen. Hast du dies begriffen, greifst du das, was in dem Sternenleuchten wohnt, behutsam an und siehst dich von ihm wunderbarerweis verwandelt in das Gottesgeistige, in dem sich alle Himmelssöhne, mit sich selber ausgesöhnt, bewegen.

Das ist der Sinn der Evolution, die unentwegt und unerbittlich der Vollendung zustrebt in des Gottes Willen und Befehl. Es ist die Weisheit der Verständigen, die in Mir in Geborgenheit und Ruhe wohnen und in sich voll Ehrfurcht und Ergriffenheit das Geistesbild der Universen tragen. Strebe nach dem Ausserordentlichen, das sie sind und weide dich am Sein und Seligsein, Erkennen was du Bist, wie an der Universenpracht in Mir und allen Meinen Geistesgliedern.

5.6
Übersetze du, was dir vom Weltenall gedankenvoll entgegenflutet, in deines Menschenseins all-herrliches Befinden und erkenne so, was du dir Bist in Mir. Entdecke Meine Innigkeit in der Bewegtheit deiner Züge und du hast die Universenwelt begriffen in den Weiten deines All-Empfindens.

Entwinde dich der Kleinkariertheit deines Lebenslaufens und bedenke, welcher Geistesfülle du anheimgegeben bist im Einfluss, den Ich unentwegt in deinem Wesensein verbreite. Die Gemeinschaft aller denkenden und wissenden, empfindenden und strebenden Gemüter, die dich rings umgibt, ist der Ausdruck Meines göttlichen

Gehabens, das auch dich betrifft und bildet, spezialisiert und allgemein verbindlich macht, in wunderbar beseligender Übereinkunft mit der Güte Meines Wesens.

Ohne diese Einsicht kann dein Menschensein nicht ordentlich vonstatten geh'n. Du serbelst seelisch, wie die Pflanze ohne Wassergaben, wenn du dich nicht täglich nährst mit dem Gedanken an die Geistheroen, die ihr Sein erfasst, in die Mitte ihrer Menschlichkeit gestellt und davon Heldenkraft gewonnen haben. Das soll zielbewusst und seelensicher auch mit dir geschehn, wenn du nur mutig und vertrauensvoll ins Unbekannte schreitest, das Ich Bin im lichterstrahlenden Allhier.

Fasse dich in Mir in eins zusammen und erlebe dich als Geistgeburt in Meinen unermessnen Räumen. Alles ist in dir, wenn du dich so erkennen magst und die gesundesten, gerundetsten und silberhellsten Gotteskräfte haben dir zu dienen. Du stellst sie vor dich hin und lässest ihren Zauber überall aufs Trefflichste und Feinste wirken, wo Not am Manne ist und Herzensfrieden herrschen soll in freudigem Genügen.

5.7

Einmal Inkarniertes und von Mir Gesegnetes kann nimmermehr verloren gehn. Es ist und wird von Mir durch Zyklen und Gefährnisse, Evolutionen, Sanktionen und Belohnungen gezogen, allsolange, bis es das Bewusstsein der Allherrlichkeit erlangt hat und gebührend in ihm eingerichtet in ereignisvollen Tagen. Da gibt es auf dem Weg zum Ewigen kein Halten; es fügt das Leben sich zu einem Ganzen von enormer Pracht und Seinsbeständigkeit zusammen, die von Meiner Geistesgegenwart und Hühnenkraft, immensen

Fantasie und Genialität beredtes Zeugnis geben. Da entschlüpft mir keiner, der da sang- und klanglos seine Faulheit pflegen will. Er wird gerüttelt und geschüttelt, bis er sich auf das besinnt, was ihm als Menschenwesen zusteht auf der aberlangen Bahn der Inkarnationen.

Ich, in Meiner Eigenschaft als All-Natur habe alles stets im Auge zu behalten, derweil du schon dein winzigs Ressort nur mit Mühe überschaust und ihm den Stempel deiner Würde aufprägst, so wie Ich es dir geboten. Dabei bist du Meines Weltenwerdens allergrösste Hoffnung und Etüde, die Ich mit dem Siegel der Gekonntheit und Besonnenheit, Bewusstheit und Unendlichkeit versehen habe. Unter Meinem Leitspruch und Hallo kann dir im Grunde nichts misslingen, wenn du nur von diesem überzeugt und von der Gegenwart der Gottheit eingenommen bist, in deinem Dich-Begründen. Locker kannst du dich auf Mich beziehen, wenn dich auch noch so Mächtige mit ihrem unmoralischen Programm bedrängen. Sie werden sich, wenn es ums Wahre, Geisterfüllte geht, auf jeden Fall die Löwenzähne demolieren. Denn, wie das sanfte Wasser Steine höhlt, bringt es Mein Geist in dir zustande, Berge von Verstiegenheit und Unvernunft ins rechte Licht zu setzen und damit Seinsverständnis und Erhabenheit, Noblesse und einhelliges Entzücken zu kreieren.

„Der Ich von dem Himmel bin", wirst du einst von dir behaupten können, derweil du dir bewusst bist, dass du Mich in Meiner ganzen Fülle und Gelassenheit im Herzen trägst, um damit in majestätischer Manier aus allem Ungemach als König, Sieger und vom Sein-Erleuchteter hervorzugehn.

5.8

Zug um Zug erkläre Ich Mich näher dir verbunden, menschengöttliches Geschöpf und Liebling aller Himmlischen, die dich voll Innigkeit umsorgen. Ich persönlich lasse es Mir nicht entgehn, ein stetes Augenmerk auf dich zu haben, um dir bei der geringsten Regung von Verzagtheit oder Unmut tätig beizustehn. Mein herzinniges Verlangen ist es, dich gesund, tatkräftig, graziös und liebevoll zu seh'n. Dein Verlangen, ins Unendliche zu wachsen, soll dein Seelensein dazu beflügeln, kühn und mutig deinem Schicksalsweg zu folgen und die Prüfungen an seinen Stationen würdig zu bestreiten. Ich schaue, wie du aus der Unbill vieler Welten als geheiligt und gesundet, beständig und gewieft hervorgehn wirst, zu deinen Gunsten, wie zum Wohl der Welt, in die du schon so oft hineingeboren. Wache, wirke und verständige dich immer mehr mit dem, der ist und dich behütet und begütet aus des Seins bewundernswertem Fingerspitzenspiel. Ich labe dich am Brunnen der Glückseligkeit in deinen Wundern und versiegle deinen Mund vor der herzinnigen Wonne, die du im Erkennen Meines Nahseins spürst. Wende dich dem Strom der Güte zu, der von Mir ausgeht und dich liebevoll umfängt in deinen Erdentagen. Ohne jedes Innehalten will Ich dir beständig wohl und feiere mit dir das Fest des Seinsgewissens und des immanenten Seelenwohls.

Mein Handeln an der Welt ist stets geprägt vom Makellosen das es Mir bedeutet, desgleichen ist Mein Guide im Irdischen der Sonne liebelichter Strahl. Empfange ihn mit offnem Herzen und erlebe die Glückseligkeit des Himmels, der sich, liebevoll und heiter, dir vergibt.

5.9

Vom geweihten Fürstenthron erheb Ich Mich und spreche also zu den Menschen: eure Wege sind die Meinen, weil Ich alle Tage in euch Bin und damit das Gesetz erfülle, das da lautet: nicht ein Härchen eures Hauptes soll zur Erde fallen, ohne dass Ich's weiss in Meinem alldurchdenkenden Gewissen. Unheimlich mag es für dich sein, zu wissen, dass ein Etwas dein Gedankensein belauscht in hellen wie in finstern Tagen. Es reagiert auf was du dir zurechtlegst, sei es bitter oder süss und lässt dich wiederum in deinem eigenen Safte schmoren.

Erkenne doch, wie es dir nützt, Erhabenes und Gottgefälliges in deinem Hirn zu pflegen, damit daraus in deinem Leben eben das erspriesst, was du da willst. In diesem Sinne gilt es für Mich, eine ganze Menschheit zu belehren.

5.10

Tapfer und treu, zwei wunderbar geschliffne Sprachgebilde, in der langen Reihe der von Mir geschaffnen Werte wahrer Geistkultur. Ich trage damit einer Menschheit vor's Gewissen, was ihr frommt und welche Haltung ihr gebührt im anspruchsvollen Leben. Doch merke dir: was für dich schwierig, schmerzhaft und belastend sein mag, ist für Mich das Angebinde wahrer Weisheit, die in jeder Trauer ebensoviel Freude zugesellt und jedem Aufwand wunderbar beglückenden Ertrag. Dies Gesetz gilt überall im Menschen-Götterreiche, das von Mir geprägt, aufs Trefflichste gehalten und genährt wird aus Vernunft und gutem Willen, Wohlgeborenheit und Harmonie.

Wäre alles nicht, es würde nichts -und alles- fehlen in der Seinsphilosophie, die Ich gedankenschwer betreibe. Demnach kannst du für dein Sein und

Streben konstatieren, dass dem Werden aus der götterlichten Kompetenz und Machbarkeit genauso heftig auch die Heimkunft folgt in Meine Sphären absoluter Ruhe, Unbekümmertheit und Welten-ferne. Denn das Ungeschaffene hält sich in einer zeitenlosen Schwebe scintillierender Glückseligkeit, von der die menschlichen Gemüter kaum zu träumen wagen. Und dennoch ist es so, dass allen, wie auch dir, dies Unbeschreibliche bereitet ist am Ende ihrer menschlichen Karriere, die sich über viele Inkarnationen und Bewährungen, Glaub- und Liebenswürdigkeiten ausdehnt im ereignisvollen Weltbetrieb. Solchen Anstand musst du fühlen lernen in gestillter Seelenatmosphäre, die zu schaffen ganz in deinem Willen liegt. Königen wie Bettlern ist es nicht verwehrt, in dies Geheimnisvolle einzutreten, um des wahren Menschentums und Seinsverhaltens Willen auf der generationenlangen Spur ins Paradiesische in Mir. Götterwohlfahrt will Ich nennen, was dich dann durchströmt, absolute Sicherheit des Seins im Reich der Unbescholtenheit und Geisteswürde, Heiterkeit und seelenvollem Gottesfrieden.

5.11
An einen Wahlspruch kannst du dich im Geistessinne trefflich halten. Er gibt dir sicheres Geleit durch Meine Gründe und veranlasst dich, auf die Moral zu achten, die dich Mir entgegenführt, wenn du nur immer dir vor Augen hältst, was es bedeutet „Gott mit mir" als Lebensregel vor dich hin zu stellen. So vereinst du dich mit Dem der ist und darfst dich immer vehementer auf der makellosen Seite fühlen.

Klar gefasste und befolgte Gottgedanken sind für dich, wie jedermann, ein wahrer Segen, denn sie öffnen dir das Reich der überirdischen Potenzen, die dir ständig zur Verfügung stehn.

Ohne die Verbindung mit dem Geist der Welt, kannst du auf Dauer nimmer sein, denn du verkrampfst dich in das Hiesige doch so Vergängliche und musst schlussends mit diesem untergehn. Mein geistig Zauberwort jedoch hält ewig, was es dir verspricht und ist reell und bodenständig in der überirdischen Struktur.

Als ein wohlerwogenes Geschenk von Meiner Seite wird sich alles das erweisen, was du offnen Sinns für's Göttliche von Mir erwartest und erflehst. Es bieten sich dir Schätze an von unermesslichem Bedeuten, die du nur zu fassen brauchst, derweil du dich bemühst, mit ihnen richtig umzugehn. Es geht um's Ganze, sag Ich dir und diese Einsicht wird dich auch zum Ganzen führen, das Ich Bin und dessen grenzenlose Mitte du dir selber Bist im Geistgewölbe, das Ich über dir verbreite. Erfüllung findest du als wahrer Mensch und wahres Gotteswesen eh in Mir und darfst dich dabei rühmen, das ersehnte Land Elysien erreicht zu haben. Hier bist du glücklich und gestillt und jeder Sorge um dein Sein geflissentlich enthoben. Du hast dir deinen Platz im Jenseits ohne jedes Wenn und Aber jetzt schon angedient und darfst ihn ewiglich, voll Wonne, Seinsgelassenheit und Liebesdank von Mir behalten.

5.12
Immer nonchalant gewesen, trete ich den Dienst am Menschenwesen täglich lächelnd an und unterweise Meine Pappenheimer frischfröhlich in den Fächern: Lebensliebe, Seinsvertrauen und Genie. Diese drei vermögen jedes strebende Gemüt auf firmem Kurs zu halten nach dem Stern

der Weisheit, der Ich Bin und der die Lebensfahrt zur Wohlgesittetheit, Bewusstheit und subtilen Geisterfülltheit stilisiert. Im Grund genommen braucht es gar nicht viel Geschnörkel, um ein wahrer Mensch und Götterbote, Heilverkünder und Prophet vollendeter Genügsamkeit am Sein und Lebensspiel zu werden. Du brauchst nur zäh und wach, vernünftig, geist- und liebevoll zu operieren, um zur Lebensfreude zu erwarmen und die täglichen Ereignisse aus Meiner Sicht zu seh'n.

Die wahrhaft Wollenden kann Ich mit Wissen höherer Art begaben, indem Ich ihnen viele Seinserkenntnisse von Herz zum Herzen frei heraus verströme. Das ist dann mehr als Mathematik, Feldforschung und akribisches Sezieren der geschaffenen Dinge im Allhier. Inspiration vollzieht sich auf der Ebene des Geistraums, den Ich Mir zum Aufenthalt erwählt. Deine noble Pflicht ist es, mit Vehemenz und Forscherdrang in diesen einzutreten, um das wahre Angesicht des Mensch- und Götterseins zu schauen.

Evolution ist immer In-die-Ferne-Streben und zugleich der Heimat näher kommen, die Ich Bin für alle suchenden und seinsgelehrten, weisen und bewussten Seelen in jedwelcher Lebenssituation. Somit kannst auch du das hohe Ziel erreichen, in vollendeter Gelassenheit und Güte, Seinsver-trautheit und Glückseligkeit dahinzuleben, ohne jeden Zweifels Spur.

Nicht um, wie du, zu fragen, Bin Ich da, sondern um dir eine resolute und beseligende Antwort wie auf silbernem Tablett zu präsentieren. Das Leben kann ein Zauber der Verwirklichung, der Redlichkeit und liebevollen Tatkraft sein, wenn es nur unter Meinem Einfluss sich vollzieht. Selbander mit Mir brauchst du nimmer zu verzagen, denn Meine

Kräfte ziehen sich durch alle Welt und ragen in den Himmel der Gerechtigkeit am Sein und Leben, Lieben und Verbriefte-Heiterkeit- Verströmen. Deine Aussicht auf Erfolg im Geistessinne ist intakt wie eh und je und braucht von dir nur lebensfroh erfasst und in die Tat gesetzt zu werden. Machst du alles richtig, kann Ich deinen Sinn zum Sternenhimmel heben, hinter dem Ich throne und in dessen Weiten sich dein Sein verliert -und zugleich findet-, um in seliger Gemeinschaft mit den Seinsverklärten und Erhabenen beglückt und heiter in sich selber zu beruh'n.

5.13

Ich bin derart überzeugt von dem, was Ich dir ins Gewissen rede, dass Ich darob froh und sicher durch ein ganzes Leben schreite in der menschlichen Natur. Beträchtlich ist der Aufwand, den Ich diesem Resultat zulieb betreibe, doch die Sehnsucht nach Erfolg und Wohlgefallen an dem Werk, das Ich getan, geht über alle Grenzen und erreicht so Grandioses in den Weiten Meiner Hochgesinntheit bis zur äussersten, beschaulichen Bravour.

Erinnerst du dich an dein Kindsein, kannst du Meinen Drang nach Neuem und Phantastischem ermessen, der Mich immerzu beseelt. Mit jedem noch so kleinen Ding am Weg zu spielen, war dein köstliches Vergnügen und deine Fantasie erbaute Schlösser, Zauberkabinette und verspielte Gärten mit den simplen Utensilien, die dir zur Verfügung standen. Du kannst das heute wieder tun, indem du dir, was Ich Mir Bin, vor Augen hältst und konstatierst, mit welcher Nonchalance und Selbstverständlichkeit Ich ein unendlich hochge-mutes Lebensspiel betreibe. Aus dem Geist geboren sind die Welten, die Ich schuf und schaffe, aus der Güte Meines Herzens sind sie licht und wunderschön. An dir ist es gelegen, deine Lebenswerke ebenso ins Wunderbare und Erhabene zu stilisieren und ihnen Wertbeständigkeit und Wohlfahrt, Glaubwürdigkeit und Seele zu verleihen. Was immer du erdenkst, errichtest und dir selbst gewährst, soll edel, elegant und sinnvoll sein für alle die es schauen oder brauchen mögen. Dein Schöpfertum soll Meinem Ideal auf's Tüpfchen gleichen und dich schliesslich in die Zelte Meines Schaffens führen. In diesen wirst du, was du Bist, erfahren und deine Geistesstärke wird exakt die Meine sein im Bund mit Mir und Meinem überragenden Befund in den Unendlichkeiten und Glückseligkeiten, Wonnen und Verbindlichkeiten Meines liebevollen Wesens.

5.14

Wahres Freisein zu erlangen, gehst du gemächlich durch die Zeit-Allee dahin, wo alles tausendfach erglänzt in Meinem Licht und Meiner Wahrheit. Bist du bereit, was Ich verkünde, guten Willens aufzunehmen und deinem Wesen sinngemäss und tapfer einzupflanzen, kannst du ganz gewiss auf Meine Mitgift zählen. Das heisst, Mein Geisteshauch streift dein Gemüt aus vollen Schalen und befähigt dich dazu, Vortreffliches in Meinem Reiche wahrzunehmen.

Was du schaust, ist die herzinnige Verbundenheit mit Mir und Meinen Lieben. Es ist der wahre Grund, auf dem du ruhst und deine Tage vorwärts zählst, bis sie mit dir in Andacht und Ergriffenheit in Meiner Güte, Gnade und Erbauung Schoss gelangen. Jede Zeit wirkt die Gelegenheit, aus dem Verhaftetsein ins Irdische durch viele Stufen wunderbarer

Läuterung zu Mir ins Sein zu steigen, wo das Unendliche zuvörderst steht und dein Bewusstsein Übersicht gewinnt in sagenhafte Weiten. In diesem Sinn ist jeder von Mir dazu eingeladen, als Bürger zweier Welten in den Geisteszustand der Vollendung einzutreten. Ohne Zweifel bringt ihm dieser schon im Jetzt unendlich viel und lässt sein Herz ob all dem Guten das ihm widerfährt, in Freudensprüngen schlagen. Im Bewusstsein reinen Seins hat alles seine Richtigkeit und Gotteswürde, seinen Plan und seine Geltung. Mir zugewandt ist alles was da ist und dem Ich Meine ganze Liebe, Achtsamkeit und Auserlesenheit entbiete. Sei in Mir in freier Überlegtheit und entwinde dich damit den Rätseln, die dich unentwegt bedrängen.

Im Gebiet der Gottesfreunde ist gut leben, weil sie allesamt von Mir begeistert und behütet sind, am Brunnen der Gerechtigkeit erlabt und ins Unendliche Glückseligsein gezogen.

5.15
Die Drift zu Meinen Höhen will auch dich in deiner Seinsgestalt erfassen, liebenswerte Seele. Ich leite und begleite dich wohin es dir beliebt zu schreiten, immer mit der Absicht, dem Geheimnis deines Daseins auf die Spur zu kommen. Ganz gewiss wirst du in deinem Innern selbstverloren Meine Handschrift finden, wenn du nur die Gnade hast, das zu erlauschen, was dir frommt und im erlauchten Metier der Gottgefälligkeit Geduld zu üben. Deines Denkens Pracht sollst du vor Mir verbergen, damit die Meine umso besser und gediegener zur Geltung kommt in der Geschichte deines Heils von Meinen eminenten Gnaden. Es geht mir stets darum, dir die Erkenntnis Meines Seins und Wirkens beizubringen in der Welt von

soviel Träumern, Unverständigen und grenzenlos Banalen in Bezug auf Meine Wucht, wie auf Mein wirkliches Bedeuten.

Du postulierst, das Sitzchen der Gedanken sei dein Hirn und provozierst Mich zu der Frage, wo denn die Gedanken sind, wenn du der Welt entschlafen bist und alles von dir abfällt, was du an dir als wirklich und dezent, vortrefflich und erfinderisch vor dir geseh'n. In dem Moment, wo du Mein Wesen als ein unvergänglich Geistiges erkennst, hast du das Reich des reinen Seins betreten, in dem auch das Gedankliche gespeichert ist, für jetzt und alle Zeiten. Damit aber nimmt dein Dasein Wirklichkeit und Fülle an von unerhört geschmeidigen Dimensionen, wo Ich Bin der Sakrosankte, ewige Gebieter und Erhörer Meiner selbst im Unerhörten.

5.16

„Momentan" ist nicht Mein Wort, „immer" muss es heissen, wo Ich auch nur eines Meiner Werke sinngemäss vertrete. Jede Meiner Gesten hat urewigen Bestand und muss aus diesem Grunde unbedingt erfolgreich werden. Kürzung des Programms, das Ich beschwor, ist nicht gestattet und Mein Markenzeichen wird nie untergehn.

Wenn du dich Meinem Duktus anvertraust erlebst du, wie sich alles, was du angelegt, zur Voll-kommenheit entfaltet. Deine kühnsten Träume werden wahr und deine Absicht zieht dich unbedingt ins Zimperliche - oder ins erhabne Ziel.

Mit dieser Strategie Bin Ich unendlich weit gekommen, auch mit dir, der Ich dich Bin, im Wandel der Gezeiten, wie im Geisteshauch, den Ich voll Kraft und Seligkeit, Bewusstheit und enormer Güte allüberall verbreite. Wert an Neuwert ist Mir eine Lust zu fügen, aus der Fülle dessen, was Ich in Mir fühle.

Kleiderkosten sind Mir nicht bekannt, weil Ich reinen Geistes, voller Tatendrang und richtungweisendem Gedulden operiere. Somit sind Mir auch Unsterblichkeit und Unerschöpflichkeit zu eigen, ebenso wie dir, sowie du dich erkennst als Mein Vermächtnis, geniales Rüstwerk und glorios gestaltetes Kontinuum. Ist das für dich nicht süss und zauberhaft, so viel Begottung, Würde und Erhabenheit in dir zu spüren. Was Mein Wille ist, soll somit auch der Deine sein, aus klugem Überlegen, wie aus freiem, willigem Entscheiden für das Götterlichte, das in jedem Fall das Bessere ist in der ellenlangen Skala der Bewertungen von Meinem Duktus und Befehlen. Sieh dich selber an und konstatiere, dass deine Innigkeit als geistbeseeltes Wesen in Erscheinung tritt, sowie du alles Sterbliche gedankenkräftig von dir weggewiesen. So stehst du einst wie immer da als Auferstandener aus Meinem Licht und Strahlen, wie als Belebter von dem Hauch des Lebens, den Ich voll Liebe dir vergab. Nicht du bist es, der existiert, sondern Meines Seins Konstrukt und Gloriole. Hast du das begriffen, greifst du zu den Sternen, wo Ich throne, um dein Da-Sein zu erklären. Und dann greife dir ans Herz, um Mich in Makellosigkeit und Geisteskraft in dir zu aktivieren.

5.17

Ich Bin genau dort, wo Ich sein muss, in der Vielfalt Meiner Abenteuer und Verstrickungen, Fährnisse und Metamorphosen. Kannst du solches von dir ebenso beharrlich und geniesserisch behaupten? In diesem Kontex ist es besser für dich, einem Höheren in dir voll Innigkeit, Standhaftigkeit und

Lebensliebe zu gehorchen, statt dich in säbelschwingender Manier als Junker deiner selbst durch Busch und Dorn zu schlagen.

Ich verfolge eine Strategie des Mehrwert-Zieh'ns aus allem, was Mir weltweit tausendfach geschieht. Sei es penibel oder lukrativ, Ich werte es als Gabe von des Seins allherrlichem Vergeben, das Ich Bin und das in seinem Wirkfeld alles brüderlich umfängt und badet, was so hoffnungsvoll aus ihm herausgetreten.

Hier stehen wir vor der uralten Fehde zwischen Sein und Scheinen, die nur in dir selber aufge-griffen, abgehandelt und als Muster künftigen Geschehns begriffen werden kann.

Du erlebst dich noch im Schein, derweil in Meinem Wesen allerliebste Seinsgefühle Vorrang haben. Das gestattet Mir, selbst unter Seufzern, noch im Freudenlicht zu stehn und unter soviel lauernden Gefahren als ein Held der Zuversicht dahinzu-schreiten.

So liegen Weh und Wohlfahrt eng beisammen in des Lebens Kräuterladen und Profil. Erst wenn alles, was du darstellst, sich zum reinen Sein in Mir erhoben, ist Vollendung und Gemütsruh, Frieden und Unendlichkeit erreicht, von allerhöchstem Rang und Namen. Ich mache Mir ein Fest daraus, in der Gediegenheit des Seins zu weilen und im Universenlicht der Sommersonnen-Mittagsruh zu pflegen. Aller Wünsche bar, erfahre Ich des ewigen Heiterseins Genügen und empfinde Geistesfülle, wo die menschlichen Gemüter nichts als Leere konstatieren. In Leichtigkeit und seliger Gestilltheit wese Ich in Meinem Mich-Begründen und erlabe Mich an dem, was alle sind, in der Unendlichkeit des Wunderbaren.

5.18

"Ich schnitt in seine Rinde, so manches liebe Wort". Gibt es heut noch Heimat, Wohlgeborgenheit und Sanftmut für die Seele, die sich umsieht und nicht findet, was sie sucht? Es gibt sie – nur in Mir, will Ich hier treffend sagen. Eine lautere Gesinnung, inniges Empfinden und Vertrauen auf den höchsten Herrn sind da vonnöten wo Ruhe, Harmonie, Gelassenheit und Frieden herrschen sollen im erlösungssüchtigen Gemüt. Ich will und kann, sollst du dir sagen, am Ursprung deines Schreitens auf ein wundbar gesetztes Ziel. Dann kann Ich dir Bekräftigung, beseligte Gedanken und den Minnesang der Liebe in die offenen Hände legen, als Wohltat meinerseits und als Garant für eine Wonne ohnegleichen, die dir das Erleben himmlischer Genügsamkeit gewährt.

Wenn du schreitest, schreite Ich mit dir und überzeuge dich vom Wert der Hoffnung auf die Hilfe höherer Welten, die sich dir noch so gern aufs Freundlichste ergeben.

"Mein Reich ist nicht von dieser Welt" will heissen, du kannst es nicht mit Händen greifen. Doch es ist und lechzt nach Seelen, die voll Innigkeit, Ausdauer und manierlichem Benehmen nach dem Allerhöchsten streben. Eine fromme Seele braucht im grössten Trubel nimmer zu verzagen. Ihr ist Meine Wohlgestimmtheit, Zuversicht und majestätische Gebärde der Erlösung angeboten, die vom Himmel kommt und wieder ins Unendliche mündet, dessen König und Gebieter, Wahrhaftiger und Liebender Ich Bin, vom allerliebsten Weltensein dahingetragen.

5.19

Hier spricht einer guten Mutter Herz zu ihrem Kinde: Sei getrost, Ich Bin bei dir durch alle Zeit und durch die innigste Verbundenheit mit deinem Sein und Leben. Mach es dir zur Pflicht, jedwelcher Situation, die dich betrifft, mit Wachheit, Anstand und bescheidnem Auftritt zu begegnen. Es ist nun einmal so, dass auf der Welt der Rang der Höherstehenden eindringlich respektiert, geschätzt und hochgehalten werden soll. Bei Mir hingegen brauchst du weder Unterscheiden noch die kleinste Unterwürfigkeit zu spüren. Ich respektiere, was du Bist, auf Augenhöhe und ermuntre dich dazu, dies für dich selber einzusehn, indem du Mich in götterlichter Eintracht und Gelassenheit an deinem Hof begrüssest. Als Menschenkind jedoch hast du in Demut und Ergriffenheit vor dem Unendlichen zu weilen. Der Abstand zwischen dir und Mir ist da unendlich gross und lässt dich vor Mir als Mikrobe, oder eher noch als Nichts, erscheinen.

Was ist Bewusst-Sein anderes, als dich in jedem Fall im rechten Lichte zu betrachten: So im Kleinen wie im Grandiosen. Vermagst du das, gebührt dir höchstes Lob von Meiner Seite, das will sagen, von der Geistwelt, die Ich in Perfektum und gottseliger Entschiedenheit regiere. Mache dir bewusst, dass du, vereint mit den allgöttlichen Gedankenzügen, alles sein kannst, was du immer willst, doch muss es in der allergrössten Wachheit und Bescheidenheit, Erhabenheit und Würde liebevoll in Mir geschehn.

5.20

Löwenkräfte tragen Mich durch Zeit und Ewigkeit voran. Sie sind Mir nach Belieben untertan und haben für Mich Dienste himmelhoch und massenhaft zu leisten. Stolz sind sie darauf, in allen Winden Kraft von Meiner Kraft zu sein und Welten in die Wirklichkeit zu winden, hervorgebracht aus Meinem puren Sein. Sie alle dürfen sich in ihrer Dichte und Vollkommenheit dem Schauen wahrlich zeigen, derweil sie Referenzen sind von Meiner Kunst, gedankenschöpferisch, formbildend und belebend fortzufahren.

Welcher Unsinn, aus dem was zerbröselt werden kann, zu schliessen, dass das alles ist, was sein kann im gewaltigen Kaleidoskop der farbensprühenden Allwelten, so als ob es keinen Schöpfer für sie gäbe. Doch dies zu wissen ist nicht Sache des Verstands, sondern des empfindlichen Gemüts, an dem so viele wunderbare Daseinsdinge hangen.

Mein Lieber, Meine Liebe, glätte, was dich immer so erregt und halte in der Pracht der Stille Zwiesprach mit den Sternensphären, die Mein Eigen sind im kosmischen Gefüge.

6

Die Wucht der göttlichen Gedanken

6.1

Es ist die Wucht der göttlichen Gedanken, die, fasziniert und folgerichtig, von dir aufgenommen und als Perlenschatz gehütet werden. Sie verleihen deinem Denken Flügel und bezaubern jedermann, auf den sie, leichten Flugs und silberhellen Klingens, Einfluss haben. Wünschest du, Mich regelrecht und tüchtig, unverblümt und frei heraus in Aktion zu sehn, so ist dein Denken und Gefühl aufs Äusserste gefordert und gehalten, deine Welt als wunderbares Faszinosum, Lebensspiel und Wirkfeld zu betrachten.

Hast du dich zu sehr in die verheissungsvolle Dingwelt, die dich mild und wild umgibt, vergraben, kann nur Ich es sein, der dir hinaushilft aus Verstrickungen und Nöten, denn Ich kenne keine Not, es sei denn die, dich in dir selber gross und seelenvoll zu machen. Hast du Verstand und guten Willen, rettest du dich mählich und gekonnt zu Mir hinüber in das Reich der wohlgefälligen Geister, wie der liebevollen Förderer von dem was ist, in den All-Welten. Weltmännisch, tolerant und lebensklug sollst du Mir werden ebenso, wie herzlich allem gegenüber, was deine Hilfe braucht und was dir Grossmut abverlangt im anspruchslosen Geben.

Hege du die Hoffnung auf das Wiedersehn mit dem, was du schon immer warst, dem Sein an sich, das dich allein im Innersten beglücken und für alle Zeit bereichern kann in Sachen Seelensicherheit und Selbstvertrauen, Weltverbundenheit und Liebe zum Allhöchsten. Es führt in dir, wie im Allüberall, das Zepter und begnadigt und begradigt dich geradeso, wie du dich selbst zu fördern und begradigen weisst in deinen Wundern und beglückenden Gelegenheiten, Mich zu sein und alleweil zu bleiben.

6.2

Herzensglück im Blauen Meiner Zeit, unendlich ausgezogen. Gottesgüte wo Ich Bin in Sanftmut, Seeligkeit und Frieden. So hell und heilig ist die Wohlgewogenheit des Himmels, in der Ich lächelnd und salut Mir selber gegenübertrete.

6.3

Ausgezeichnete Gefährten Meines Hierseins pflegen ihren Standpunkt sanft und innig, lehrreich und gekonnt im Forum der Gelassenheit zu diskutieren. Hell und heiter ist Mein Mich-Befinden in den Räumen, die im Blick, auf was sie sind, kein Ende haben. Welcher Wert und welche Überzeugung öffnen sich vor Mir, indem Ich Mich dem Sein in ihnen liebevoll ergebe.

Munterkeit des Herzens, selige Wachheit, Wohlgewogenheit und Empathie, dem All und seinen Bürgen gegenüber, strömt von Mir in die Unendlichkeit der Sphären, denen Ich Bestand und Fabelhaftigkeit, Geschmeidigkeit und lupenreine Seligkeit gewähre. Sich selber Raum zu geben wissen, welche Wonne, welche Wohlgefälligkeit an der Geschichte Meines Seins und Meines Mich-in-Mich-Versenkens. Tatenlosigkeit und ewiger Frieden walten hier im Feingefühl, das Meine Seele in sich spürt und im Allüberall verbreitet, weltenmütterlich, erhaben, selbstbewusst und wunderbar.

6.4

Erfindergeist, Genie und Weltgewandtheit sind von Mir und prägen sich urdeutlich und gebieterisch in deine Wesensgründe. Lass dir nun gesagt sein, dass dein Eigenlicht von Meinem ständig liebevoll durchstrahlt wird, um dir Kraft und Mut für deine

Aktionen zu verleihen. Was wichtig ist für dich, ist die feste Überzeugung, dass die Gotteskräfte ganz real in dir vorhanden sind, um deines Fortschritts Willen und um dein moralisches Bewusstsein aufzurüsten. Die Menschen können nur gedeihen, wenn sie ehrlich zueinander stehn und keinen Vorteil nur für sich allein erstreben. Ihr Auge muss, wie Ich es tu, das Ganze überschauen und dabei erkennen, wie sich eins ins andre fügen muss, um frohgemut und tüchtig zu florieren.

Merk dir das und sei ein nützlich und erbaulich Glied in der Gemeinschaft der Versierten. Diese sind es, die die Welt in Meinem Sinn zur Blüte bringen und der Ahnung Raum gewähren, dass sie sind und dass ihr Leben wesenhaft mit Mir liiert ist, Glück erstrahlend, traut und morgenschön.

6.5
Ich generiere das Ich Bin in aller Welten Schössen und weise Mir das Los der Edukation der Weltenreiche zu, um sie der Seinsvollendung zuzuführen.

Kann Ich dich auf eine Fährte führen, ist es diese: Komm im Zustand makellosen Schweigens erst zu dir und darauf auch zu Mir in der Transzendenz, die Ich dir ohne weiteres gewähre. Mein Sinnen geht dahin, dich über alles aufzuklären, was da ist und was du Bist in Meinem kapitalen Wertsystem. Schlicht und einfach, innig und recht tugendsam geworden, brauchst du nur Ich Bin zu dir zu sagen und schon erblüht Unendliches in deinem Wohlgefallen an der Geistwelt, die Ich dir mit soviel Charme und Güte, inniger Geduld und Liebens- würdigkeit plausibel machen will. Ruhe, Licht und Schweigen hüllen deine Seele ein, wenn Ich dir nah bin in den Augenblicken wach gewordenen

Bewusstseins, die erst selten sind und dann zu einer Fülle reifen, die dich im Innersten entzückt und mit dem All vereint, in das du, wie der Fisch ins Wasser eingeboren.

6.6

Merkmal Meiner Güte ist die unermessliche Geduld, mit der Ich Säumigen begegne, um sie auf den Weg der Redlichkeit und Offenheit zu führen. Der Grund für diese freundliche Gebärde lässt sich im Umstand eruieren, dass Ich Mich in allem, was da ist und aufwallt und versickert, selbst befinde und Mich deshalb selber züchtig, tüchtig und verträglich mache in der eigenen Professur.

Um Meinetwillen also Bin Ich auf der Pirsch nach neuen Werten und Begünstigungen, nach Erfolg im liebevollen Alle-Welt-Begreifen, wie in der Herzenswonne, die daraus ersteht. Was hat das für dein Seelenheil und deine Wohlfahrt zu bedeuten? Alles oder nichts, je nachdem wie du dich anstrengst, deinem Leben einen Gottessinn und eine Wahrheit überirdischer Konvenienz heranzuziehn. Erst in dieser wird die Welt für dich bekömmlich und bezaubernd, delikat und morgenschön.

6.7

Mondial gefärbt ist alles, was Ich an Mir habe, weltenschöpferisch Mein Sinn in allen Disziplinen Meines Wirkens dort und da und überall, wo immer Ich bewusst zu sein begehre.

Als tüchtiger Berater trete Ich dort auf, wo Unbeholfenheit, Ratlosigkeit und Konsterniertheit herrschen. Es ist Mir unbedingt daran gelegen, allem, was schon wunderbar gediehen ist, den

Reichtum Meines Seins und Strebens weiterhin hinzuzufügen.

Hast du je erfahren, was es heisst, ein Gottgesandter und Erhabener zu sein in allen Lebenssparten, wie in denen der Kultur, wo Ich seit eh und je brillant und elegant das Zepter führe? Genau das aber wird dir leichterdings beschieden sein, wenn nur noch Ich dich führe und damit dein Seelenheil bewirke wunderbar. Es herrscht dann volle Übereinkunft zwischen Meinem überragenden und deinem restriktiven Denken, Handeln und Gefühl. Deine Werke wachsen himmelwärts, das heisst, sie werden geistvoll, höchst manierlich und gediegen. Das Verständnis Meiner gütestrahlenden Parolen ist schon immer Anlass zu Erfolg, Bereinigung, Bestätigung der Absicht und Beseligung gewesen. Du wirst deine Welt so heil wie Meine finden allsogleich, wie dir das Sein zum freudestrahlenden Begriff geworden.

Was droben ist, gilt auch für dich als unantastbar wohlgelungen, und Ich sage dir, Es ist für alles Wesenhafte das befreiende Agens der Gottes-ebenbildlichkeit und Schöpferstärke, der Geist-geburt, wie der All-Liebe, die alles noch zum Guten führt in reich- und reingewordenen Tagen.

6.8

Megaphone sind besonders dazu angetan, Meine Lebenslust und Schaffensfreudigkeit in aller Welt als Wunder zu verkünden. In derselben Weise treten I-Phones und Tablets in Massen auf, um den Erdkreis mit dem gigantesken Menschheitswissen zu bedienen. In die Breite geht, was Ich indes mit Vehemenz vertiefen will in den empfindlichen Gemütern; denn allein das Wissen bringt dem Herzgefühl wie der Erkenntnis dessen, was Ich in dir Bin, schlussendlich gar nicht viel. Willst du in Redlichkeit und mit unendlichem Gefühl von Mir beeinflusst werden, trag Ich dir das Geheimnis deines wahren Wesens gerne an, um deinen Seelenhunger nach der Seinsgerechtigkeit zu stillen und dich in den Rang der Gott-Erleuchteten und Seins-Verklärten zu erheben.

Deine Herzenswünsche sollen mit Geduld und gutem Willen, Dauerhaftigkeit und Himmels-sehnsucht ausgestattet sein, damit sich das an dir ereigne, was schon den Propheten, Kirchenvätern, Sängern, Sylphen und markanten Mysten eigen war: Den Weg ins Geistige zu ebnen und dir auf den Kopf zu sagen, was du Bist, in deiner Eigenschaft als Mensch und gottbegnadetes Vehikel der Allherrlichkeit in Meinem Reich und Reichtum. Hast du das begriffen, blüht dein Seins-Gewissen wie der makellose Lotus auf im Teich der Hoffnung auf die Heimfahrt ins unendliche Geschehn. Du spürst Glückseligkeit in deinen Seelenfibern und weisst dich gerettet in die Sanftmut und Erhabenheit Elysiens, die dich schon immer auf's Holdseligste und Zärtlichste mit ihrem Charme und ihrer Weisheit, ihrem Wohllaut und geschmeidigen Salut umfangen haben.

6.9
Wieviel Leid und Not, Hilflosigkeit und Kummer bliebe dir erspart, wenn dir nur die Erkenntnis deiner selbst als Geisteswesen und allgöttlicher Gespan gelingen würde in wohlgemess'nem Reüssieren. Was Ich hier meine, ist von jedem Bürger dieser Welt in höchst persönlichem Bemühen zu erringen, um seinem Schicksal die von Mir ersehnte Wende und Gefälligkeit zu gut zu halten.

Viel bedeutender und süsser sind die Früchte des Erkennens gegenüber denen des Verstands, denn diese sind geerntet aus der Welt der Sinne, derweil jene aus dem Unendlichen und Unfassbaren zu uns kommen. Das aber Bin gerade Ich in aller Konsequenz und Kompetenz, die Mir ganz selbstverständlich zustehn und die Ich Mir zuallerletzt beweisen muss, mitten in der Fülle dessen, was Ich an Geisteskräften, Genialitäten, Schöpferqualitäten und Gewalten in Mir fühle. Will jemand Mich, das Sein, belehren so ist er auf die falsche Fährte eingeschwenkt und wird früher oder später im Morast der eigenen Verirrungen, Fehlschlüsse und Fussangeln stecken bleiben. Nur Ich, der über alles logisch Abgehandelte erhaben Bin, kann sowohl ganz von vorn beginnen, wie auf die Erfahrung von Äonen bauen, die Mir leichthin alles zuträgt, was Ich immer Mir erwünsche.

Willst du wahrhaft frei in deinem Denken und Empfinden sein, so kannst du Mich als Beispiel nehmen, der Ich's Bin mit allen Konsequenzen, die da heissen: Seinsglückseligkeit, Gutmütigkeit, Allherrlicher im Reich der Phantasie, Gelassener und Liebevoller an der Universen-Schöpfung, in die Ich Mich am Rande Meiner selbst verwoben habe.

Mein guter Freund, du kannst ganz ruhig vor dich hin die Worte buchstabieren: „In Meinem Denken weben Weltgedanken", denn, was du Bist und denkst, kommt letztlich doch von Mir, der Ich dich Bin in wunderbarer Übereinkunft mit der Einheit allen Seins im Weltenweben.

6.10
Tragisch komisch treten all so viele vor den ewigen Richter, weil sie nicht wissen wer sie sind, auf seine Frage, die sie beschämt verneinen müssen. Ich aber sage dir noch in der Zeit, dass du Mich Bist im Welt-Erscheinen und mit der Pflicht begabt, dein

Sein als Meines zu erkennen und es zu lieben aus des ganzen Herzens Inbrunst und Gewähr.

"Ohne Mich kannst du nicht sein", geruhe Ich, dir einzureden, damit du einsiehst, wie verderblich sich die Isolation von Meinen Gütern statuiert. Unentwickelt musst du all so lang im eignen Safte schmoren, bis du einsiehst, dass es ohne Mich nicht geht, derweil sogar die Sterne ihren Geistesstrahl vor dir verschliessen.

Ich aber wende Mich dir zu in unablässigem Bemühen, deine Sehnsucht nach Mir zu erregen und damit dein Retter aus der Seelennot zu sein. Dein ist die Wahl und dein der Herzensfrieden, wenn du Mich zum König aller deiner Angelegenheiten und Bedürfnisse erwählt hast mit der heiligen Begründung: Ich Bin dein und du Bist Mein im Gottesseelengarten.

Das ist dann der Keim zum seinsgeschwisterlichen Leben, das Ich mit so viel Verve und Inbrunst propagiere. Raum um Zukunftsraum will Ich dir öffnen, geistigen Geblüts, und dich dazu bewegen einzutreten, um Meine Herrlichkeit von Angesicht zu Angesicht zu schauen. Jawe wirst du rufen, selig und begeistert wirst du sein, weil sich dir Erd und Himmel zur bewundernswerten Einheit allen Seins vereinigt haben.

6.11
Ich erzähle wie es ist, bewusst zu sein inmitten unzählbarer Himmelsgaben. Aus den Nöten steigst du friedvoll in die Morgenröte einer Zeit vollendeter Beschaulichkeit am Leben und erfühlst dich in den Sphären dessen, was du Bist, als Geisteskraft und webender Gedanke, seelenvolle Hüterin der guten Sitten und erhabener Gestalter an der Spitze der Gewalten, die dich in die Gotteszukunft führen.

Nichts weniger Bin Ich, als das was ist in seiner nonchalanten Weise, sich ins Leben einzuführen und vor sich selber strahlend als der Urgrund aller Dinge dazustehn.

Hegst du Zweifel an dir selbst, so ist es von bedeutungsvollem Nutzen, wenn du dich der seligen Sicherheit und Gotteswürde inne wirst, die Ich dir Bin und die dich ins All-Einige und Sakrosankte, Ewige und Lichterfüllte heben. Es ist ein einiger Gesang von Gottesminne und Glückseligkeit, der dich beseelt und dich befriedet an der Stätte absoluten Heils und auserlesner Wonne in den wunderbaren Weiten deines seinsbewussten Weilens im Elysium.

6.12
Welt- und Überwelt, zwei einige Gebiete, an die Ich Mich voll Verve, Verbindlichkeit und Kreativität vergebe. Mir ist kein Zeitbewusstsein inne, derweil die Myriaden seinsgeschichtlicher Ereignisse mit aller Deutlichkeit an Mir vorüberziehn. Innig anteilnehmend am Geschick der Wesen, die mit ihrem Sein das All bevölkern und durchfluten, ist Mir stets bewusst, dass Ich sie Bin und dass Ich Mich deswegen ihrer nicht enthalten kann, in Meinem Mich-Begründen.

Dem menschlichen Gemüt ist es noch kaum verständlich, wie die Dinge sich im Universensein vollziehn. Mir hingegen sinkt und klingt und klagt auch jede noch so leise Stimmung tief ins Götterherz hinein und lässt es voll Verwunderung und Mitleid höher schlagen. Auch das Kosmische muss so sein Schicksal bis ins letzte Detail mit unendlicher Geduld in sich ertragen. In Meinem innersten Bezirk jedoch herrscht ewige Freude, herrschen Frieden, Zuversicht und seelenvolle

Harmonie. Keine Grenzen kennt das einige Entzücken am geliebten Sein, in dem Ich selber Mich erhalte und gestalte ohne jeden Zwang und Zweifel auf der Spur des integralen kosmischen Bewusstseins im Allhier.

Was ist Glückseligkeit, wenn nicht das Empfinden makellosen Freiseins von jedwelchen Bindungen, Behinderungen und Malaisen? Welche Wonne ist der eines Gottes zu vergleichen, welcher Engagement mit absolutem Stillesein verbinden kann in der Unendlichkeit der Sphären. Ich Bin und das genügt. Mein So-Sein ist gestillt bis in die letzten Fasern und Mein Einigsein mit allem was da ist, erfüllt sich in der Seinsvollendung, die Ich will und die Ich schon in Mir vollzogen habe. Ich benedeie, was schon wohlgerundet und gesundet vor Mir seine Weltenkreise zieht und überschaue in elysischer Gelassenheit, was immer sich in Mir befindet und in weltumspannender Synthese sich zur Einheit allen Seins vermählt.

6.13

Leichte, zarte Beute ist im Geist von Mir heraufbeschworen aus dem Gärtlein reger Fantasie, das Ich Mir zur Herzensfreude und Erbauung angelegt. Windsbräute voller Anmut sind daraus erschienen, elegante Wortgestalten, denen Heiterkeit und Unbeschwertheit ins Gesicht geschrieben sind. Aus dem winzigen Beginnen ist ein stürmisches Gewoge von Erfindungen besonderer Art und Rarität geworden. Niemand kann sich ihrer Faszinationen entziehn und keinem ist es noch gelungen, ihrem Wert und ihrem Wohlklang ebenbürtig und gerecht zu werden.

Was aus Mir entspringt, weist das Merkmal wahrer Genialität und Schöpferqualität, Seinsgediegenheit und Gotteswürde auf, an denen sich die grössten Geister unbedingt erbauen und begeistern, ohne jemals Sättigung und Überdruss zu spüren. Was vollkommen ist, bleibt den Verständigen für immer makellos erhalten, was den Hauch der Gottheit atmet, muss sich niemals schämen ins Rampenlicht zu treten, um der Welt das Ausserordentliche und Beseligende darzubieten.

Vom Unendlichen geprägt ist Mein Gewissen, das Mir in seiner ganzen Fülle zusteht und Mein Heil und Meine Heiligung bedeutet, je nachdem, wie Ich befähigt bin, Mich ihm und damit Mir vollends dahinzugeben.

Du trägst die Chance des Vergleichs in deinem Busen und erkennst, wie klein und zugleich seinserhaben du Dir Bist in deinen Werten und Gemeinsamkeiten mit dem Ewigen, das alles ist und das in seiner Fülle niemand darben lässt in seinen noch so penetranten Nöten. Dein Bewusstsein von dir selber ist es, das sich wandelt und das irgendwann die Wende bringt vom unscheinbaren Wicht zum Seinsvertrauten, der sich frei, frischfröhlich und verdienstvoll im Gewissen durch die Weiten der Unendlichkeit bewegt. Sie sind sein Milieu, sein Reich und Königtum geworden, in dem sich alles, was da ist, befindet und von dem die Einheit aller Wesen liebevoll herniederstrahlt.

Was wahrhaft lauter ist und makellos, kann niemals lau und lottrig werden, denn es ist aller Wünsche bar und weiss sich in der Fülle seiner selbst aufs Trefflichste geborgen.

Weide dich an dem, was Ich dir so besage und vollende frohen Sinns, was Ich an dir begonnen im vertraulichen Verkehr mit Meinen Gütern, wie in der Herzenswonne, die dich ob dem Wunder deines Seins beseelt.

6.14

Val Paradiso nenne Ich den Seelenzustand der vollendeten Gelöstheit, der dich beim Erwachen in der Morgenfrüh erfreuen kann. Du ruhst im makellosen Schweigen deiner Selbst, derweil Ich in dir seliglich Mein Sein versinne. Grenzenlos ist Mein Erbarmen an der Unbewusstheit der Geschöpfe, die nicht wissen, was sie sind in ihrem Lebensbund mit Mir und Meiner Welt der Geisteswirklichkeiten. Ich aber deute dir mit Worten an, was du in deiner Innenschau erkennen solltest von der Welt des Seins, in der sich alles, was da ist, gedankenvoll vollzieht. Nicht du bist dann am Werke, sondern Ich in grandioser Selbst-Verständlichkeit und Fasslichkeit des Absoluten, das Ich Bin und dem Ich Mich in weiser Übereinkunft mit Mir selbst verschrieben habe.

Es liegt an dir, dich an das Unbekannte über dir und in dir vollends hinzugeben, damit Es dich in die Beschaulichkeit der Sterne führen kann im Reich der geistigen Potenzen, wie der Geistesseelenkräfte, die in deinem Sinn als Meine hoch Erhabenen zu gelten haben.

Was Ich hier wissend vor dein ewig suchendes Gewissen trage, ist die Quintessenz des Guten an sich, das Ich in Äonen geisteswissenschaftlichen Bemüh'ns für dich und alle Welten, die Ich Bin, errungen habe. Das ist der Gipfel der Wahrhaftigkeit, zu dem auch du dich ohne weiteres erheben kannst, wenn du nur willst und dein Vertrauen in Mich setzest, statt in dich und deine kleinlichen Argumentationen. Erschaue dich in Mir und Meinem Universensein und gewinne, was du Bist, in deiner Himmelswohlfahrt, deiner Liebenswürdigkeit und deinem An-der-Welt-Gesunden.

6.15

Weisheit höherer Art und Weise wird hier vorgetragen und soll jene Suchenden für sich gewinnen, die von Geduld und Wachheit was verstehn. Ein Strom der Güte Gottes soll sie überkommen, dessen Ursprung Fülle ist und Grazie des Allerhöchsten, die in wunderbar gesitteten Kaskaden zu den Myriaden Weltenwesen fliessen.

Du brauchst dich nur dem schweigenden Betrachten vollends hinzugeben, um alles zu empfangen, was dir frommt und um dir endlich zu beweisen, dass ein Geistiges in aller Welt das Zepter führt, von Macht und Anmut, Unerbittlichkeit und Sanftmut vollgeladen.

Nenne Mich wie immer dirs gefällt, Ich Bin Es, das dich mütterlich und väterlich umsorgt und allen deinen Herzenswünschen Raum gewährt mit überragenden Manieren. Kraft von Kraft, Genie und Güte des Allherrlichen Bin Ich und ohne je zu wanken oder müssig stillzustehn. Mein Sein ist Glorie und Weisheit, Heiterkeit und Sinn vom Feinsten, was da ist und was du dir erringen kannst in Demut und Geduld, in Hochgemutheit und Vertrauen.

Was du immer wissen kannst im weltlichen Gedränge, ist recht wenig vor der Einsicht ins Unendliche, die Ich dir huldvoll und entschieden zugestehe. Es weitet sich darob dein Seinsbewusstsein hoch hinauf und in die Weiten Meiner Geistessphären, die seit aller Zeit der Ursprung sind und die gesegnete Tournüre aller Dinge im Allhier. Hast du dies erkannt, kannst du dich Menschengöttlicher, Verklärter und Erlöster nennen von der dräuenden Gefahr, zu weit ins Irdische wie auch zu sehr ins Blendende des Geistreichs zu entgleiten. Ich, der Geist der grünen, kühnen Mitte, bewahre dich vor aller Exaltiertheit, besänftige das Wilde und stosse vehement das Lahme an, um dem Natürlichen und Seinsvollendeten den Vorzug und die Gotteswürde zu verleihen.

Trachtest du danach, Mein Weltenwerk zuinnerst zu begreifen, begreifst du auch dich selbst und darfst in Meiner Herzlichkeit und Daseinswonne wunderbare Ruhe finden. Meine Güte ist die Deine und Mein Wesen deins geworden in der Schönheit und Beständigkeit, die allüberall Mein Zeichen ist und Meiner Liebenswürdigkeit Gespan.

6.16

Der langgedehnte Atem einer gottbegnadeten und liebevollen Melodie entzückt das Herz und lässt es selig in sich träumen.

Wer bringt den Kunstbetrieb voran, ist hier zu fragen? Wer lässt denn einen Verdi, einen Mozart soviel himmlische Gelehrsamkeit auf dieser Erde zur Erscheinung bringen? Kein anderer als Ich in ihnen, der mit so viel Charme und Süsse, musikalischen Gewittern und Nuancen bestens umzugehen weiss. Hier spricht das Obere im Unteren so deutlich und bedeutsam, dass die Seelen sich voll Wonne in den Tönen baden und reiner und bewusster aus den Stunden musikalischer Begabung und Begeisterung hervorgehn.

Sieh doch, wieviel Gottbegnadetes und Geisterfülltes sich im Menschenwesen durch die Künste offenbart und traue Mir auch alles weitere, zur höchsten Blüte stilisierte Geniale zu, das, wie von Engelhand geschaffen, vor dem menschlichen Bewundern steht. An dir ist es, in stillem Überlegen und Erfahren, den Einfluss Meiner Weisheit in den Welten abzulesen. Im Grunde braucht es gar nicht viel, um ein All-Göttliches im irdischen Getriebe wahrzunehmen; doch darfst du nicht in dem Tumult versinken, sondern hast aufrechten Ganges und erhabenen Gewissens durch sein Irresein hindurchzuschreiten. Es ist ein Zeichen Meiner Gunst, dass Ich dich mitten in der Trübnis rein bewahre, wenn du nur Meinem Schutz vertraust und damit jeder Unbill trotzest, die dir dräut im Weltgebaren. Nur an Meinen Brüsten wirst du wahrhaft gross und seinsbeständig, Meine Kräfte sind dem Destruktiven haushoch überlegen und Mein Wort bewahrt unendliche Bedeutung bis in alle Ewigkeit zu deinem Nutzen, Aufschwung und holdseligen Relieve.

6.17
Nichts geht verloren, wo Ich Meine Zelte aufgeschlagen habe. Alles wird in neue Medien verwandelt, von denen Erde, Feuer, Luft und Flüssiges den Grundstoff in sich tragen. Den Verwandler jedoch will und kann die Wissenschaft nicht sehen und so gleitet ihre Weise des Erklärens ohne Mich vom Stapel, der Ich das wesentliche, wirkliche und alles überragende Kaliber Bin, von eignen, überaus beständigen und fulminanten Geistesgaben. Mein Sein zu ignorieren ist ein höchst fataler Lapsus, den die Wissenschaftlichen nach Kräften zu vertuschen und zu überwinden suchen. Ich aber lächle ihrem Eifer Wohlge-sonnenheit, Verständnis und Respekt entgegen, in der Absicht, sie damit für die Erkenntnis zu gewinnen, dass das kosmische Geschehn dem Geist entspringt in unendlich sanftem Sich-Verwandeln und beileibe nicht im Urknall, der dem Wesen göttlicher Vernunft mit unerhörter Ignoranz begegnet.

Ich aber Bin das alles Überragende, Gewissenhafte und sich selbst Bewusste Agens aller Taten, die im Kosmenraum geschehn. Das Weltenwesen ist zutiefst von Mir durchdrungen und bewegt, belebt und fördert alles was da ist in unerhört gefälligen geselligen Massen. So auch du, in deiner Einfalt, bist vom Göttlichen durchdrungen und gehabst dich wie ein Herrscher, derweil Ich Es Bin, der herrscht im Weltenepos wie in jeder Zelle seinslebendigen und -beständigen Lebens. Ich wirke, wo du wirkst und winde Mich im Wunder der Äonen und durch Generationen wieder zu Mir selbst empor.

Was kommen muss ist die Erkenntnis von dem Sein in den allweltlichen Belangen, wie von der Sorglichkeit, mit der Ich überall aufs Trefflichste und Liebevollste operiere. Lass dich von Mir inspirieren und zur Selbstbesinnung, Heiterkeit und Lebensliebe führen.

6.18
Wer sich selbst erhöht, kommt flach heraus; wer sein Geringsein vor Mir kennt, den kann Ich ohne weiteres in Meine Seins-Bewusstheit heben. Wenn du nur willst, so mische Ich bedächtig deine Karten, dass sie dir zum Seelenheil gereichen, in der Tat. Du wirst in allem, was du Bist, beständig Meinen Einfluss spüren und genau das, was dir frommt, als Siegespreis für deine Selbst-Erkenntnis und natürliche Bescheidenheit erhalten.

Desgleichen aber will Ich dich vor aller Welt mit dem Begaben, was Ich Bin, in voller Seins-Bewusstheit und mit dem Emblem der strahlenden Gotteseligkeit auf Stirn und Wangen. In Meinem Licht gesehen, Bist du grandios und ohne weiteres vom Nimbus göttlicher Erhabenheit beseelt. Das ist, weil Ich dein Sein genau auf Meine Stufe hebe allsobald, wie du erkannt hast, wessen Sohn du Bist, in deinem Dich-Begründen. Aufgestellt und ewig heiteren Gemüts, wirst du dann vor Mir her durchs benedeite Leben flanellieren.

Auf geht die Rechnung, die Ich mit dir einst begonnen habe, wenn du nur gefälligst Meinen Weisungen Gehör und Folge leistet durch die Jahreszeiten deines Dich-als-Mich-Erlebens. Nicht wählerisch hast du in diesem Fall zu sein, denn im Grund genommen gibt es nur das Eine, das in Allem wirksam und beständig, unerschöpflich und bedeutend ist, im Zuge des Verklärens aller Angelegenheiten dieser Welt, wie jener, durch des Seins geheimnisvolle Triebe.

Wer schafft Bin Ich zutiefst subtil in der Bereicherung, die Ich beständig mit Mir treibe. Du bist darin das beste Beispiel der Behutsamkeit und Sitte, die Ich auf die Bildung und Bedeutung Meiner Lieben alleweil verwende. Bist du so, wie Ich Dich generiere, kann dir nichts Verwerfliches und Unbotmässiges geschehn. Du Bist, und damit basta, in der Regelmässigkeit der Welt, wie in der der Sterne, eine Galionsfigur an Meiner Barke des Entgleitens ins Unendliche der Geistessphären die da sind und ewig Meine Wohnstatt bleiben.

Gestalte dir ein Lob auf Meines, wie auf deines Seiens Wesen und versinke in die Andacht vor dem Einen, das da ist und alles unbedingt zum Guten wendet in der Pracht der Schöpfergenien, die seine Stärke sind und immerzu sein gütestrahlendes Idol.

6.19
Bist du dabei, wenn Ich dir diesen Tip mit auf die Reise durch das Leben präsentiere: Lerne deine Lektion in Vollbewusstheit und gottseligem

Genügen an der Welt, in die du gütlich eingetreten. Es weht ein Schauer durch dein Sehnen, wenn du dir inne wirst, wie sehr Ich dich in deinem Tun bestärke und dir verständnisvolle Hilfe bin, bis zu den kühnsten Unternehmungen in deinem rigorosen Weltenscheinen. Es ist wohl richtig, hier vor einer gottgewollten und beglückenden Synthese aller Kräfte und Geschäfte, Tugenden und weiteren Vorzüglichkeiten staunend stillzustehn, um ihren Wert zu feiern und sich willig Meinem Einfluss und Verdikt zu weihen.

Unumgänglich ist es, Meiner Gilde und gerechten Sache beizutreten, denn sie allein bringt dir Gewähr für reibungslosen Ablauf, wie für seriösen Ausgang der Geschichte, die du angezettelt hast in deinem wunderfitzigen Wähnen. Wähnen heisst, sich nicht bewusst zu sein, was alles resultieren kann aus dem, was du dir vorgenommen. Es kann ja vieles ein behäbiges und würdevolles Ende nehmen, doch leicht kann, was du angestossen, aus dem Ruder laufen und dich in mächtige Verstimmungen und Turbulenzen ziehn. Nur das Vertrauen auf den Beistand dessen, der da Ist, kann deine Lage glätten und dein Herz befrieden zur Gefälligkeit am Sein wie zum Beherrschen jeder noch so heiklen Situation, die sich aus Unverstand und allzu grossem Risiko ergeben.

Erwache doch zu Mir, der stets die Übersicht behält und sich der Welt aufs Zärtlichste erkenntlich zeigt in seinen Wundern. Hältst du deinen Sinn auf Mich gerichtet, wird schlussendlich alles gut solange, bis die Tage dir verglänzen und dein Wesen in Gottseligkeit und Anmut, ewiger Heiterkeit und Liebeswonne ruht.

6.20

Notabene trage Ich dir folgende Geschichte vor: ein Mann versuchte sich an einem Klumpen Plastilin, um daraus etwas in sich Ruhendes und Ausgewogenes zu formen. Er fügte da und dort einwenig zu, entfernte dies und jenes, doch was immer er mit Scharfsinn und intensem Überlegen zur Vollkommenheit gestalten wollte, misslang zu seinem argen Missvergnügen und hintertrieb, was er mit so viel Eifer und Elan begonnen. Doch er hatte nicht mit der von Mir erregten Kraft gerechnet, die nun in sich selber aktiv wurde und ein Idealbild von entzückender Verspieltheit, Ausgewogenheit und Eleganz entwarf, das man mit Fug und Recht vollendet nennen konnte. Derweil der gute Mann sich in Gedankenlosigkeit befand, reichte Ich ihm Mein Projekt blitzschnell hinüber, so dass ihm plötzlich die ersehnte Lösung vor dem Geistesauge stand. Diese umzusetzen war ihm nun ein Kinderspiel und bald entpuppte sich als wahres Kunstwerk, was vordem nicht das geringste Ansehn in sich trug.

Dieser Vorgang ist für Mich längst klassisch und entschieden meisterlich geworden; du brauchst ihn nur als solchen zu erkennen und schon gelingt dir Makelloses und Gefälliges in Fülle, aus der Schöpferkraft und Genialität der Göttlichkeit geboren.

Erst wenn alles menschliche Gestalten sich im Rahmen wunderbarer Seinsverständigkeit vollzieht, kann es aufs Entschiedenste florieren und gekonnt zur Herrlichkeit des Ewigen erstehn. Ich Bin, was immer du dir denkst zu sein und überbiete dich zu deinem Wohl mit tausendfachen Meisterzügen. Nur dass du Meinen Einfluss dankbar akzeptierst, will Ich, und ihn zutage förderst, wie der Bergmann den

Brillanten, der nach dem meisterlichen Schliff vor aller Welt sein Feuer in den Augenblick verstrahlt.

Bist du so, so ist in dir Mein Weltenwerk zur unvergänglichen Vollkommenheit geraten, das den Verständigen ins Auge sticht und ihr Herz in Freuden schlagen lässt, ob dem Unendlichen, das ihm geschieht. An dir ist es, dem Sinn des Lebens nah zu kommen und in allem Meine Handschrift und das Wunder meiner Gottgefälligkeit zuinnerst zu erleben.

6.21

Mayday, mayday möchtest du bald sagen vor der Unerbittlichkeit des Schicksals, wie vor der Ohnmacht, die dich seinetwegen oft beseelt. Wie köstlich mag es dir erscheinen, für immer alles von dir abzustreifen, was dich so bedrohlich anfasst und dich lähmen will in deinen besten Motivationen. In dieser Lage kannst du sicher sein, dass Ich dir ganz besonders nah bin, nah im Geiste, unfehlbar. Wer Mich nicht kennt in seinem innersten Gehege, muss dem Trübsinn und der Hoffnungslosigkeit verfallen, denn ohne Perspektive auf die Kontinuität des Lebens macht es keinen Sinn, gut und gerecht zu sein, selbstlos und gediegen. Die Anmut der Beziehungen verfliegt, weil nur das Ego dominiert; du lebst nur für den Tag - und die Kultur hat bei dir keinen Namen.

Nicht umsonst beginnen die Verständigen ihr „Gross bist du und heilig" in den Raum zu rufen, denn ihr feingesponnenes Gefühl vermittelt ihnen, was die Augen auch nicht sehn. So entsteht für sie ein Weltbild von Erhabenheit und Geistesgrösse, Gottesfurcht und Freiheit von der Gier nach weltlichen Genüssen wie selbstsüchtigen Errungenschaften. Die Klärung des Gewissens von dem

Reich der Überirdischen, ist wie die Heiterung des Himmels für dein Herz berückend schön. Nur die ewigen Werte bringen dich in Wirklichkeit voran und überzeugen dich von dem, was Ich dir Bin in allen deinen Funktionen. Redlichkeit und Reinheit sind die seelenvollen Attribute Meines Seins in der Unendlichkeit der Sphären. Sie müssen auch die Deinen werden, wenn du mit Mir Zwiesprach halten willst in deinen eminenten Nöten. Eins muss alles werden in dem göttlichen Verkehr und das Gespür für Übersinnliches muss so weit in dir wachsen, dass du es wie mit Händen greifen kannst in deiner Lebensstrategie. Loyalität und Frieden sind die Früchte götterlichten Tuns und das beginnt beim Einzelnen und endet bei den vielen, die sich als ein Volk von Seinsverständigen zu Mir bekennen und zu Meiner Art, den Lebensdingen freien Lauf, Verpflichtung, Schönheit des Gewissens und Vertrauen zu gewähren. All so Bist du Mein liebenswürdiger Gespan und Meines idealen Bildes Welterscheinen. Denn auf dich gerade kommt es an im Bund der Myriaden, wie in der All-Einigkeit mit Mir und allem Sein, das ist und sich in Liebe, Harmonie des Himmels und Holdseligkeit, Weisheit und Gedankenschärfe, Mut und Herzensgüte vor dir präsentiert.

6.22

Die Existenz des Irdischem muss nicht bewiesen werden, weil es eben da ist und betastet und gemessen werden kann. Desgleichen brauche Ich das Existieren von Mir selbst nicht zu erklären, derweil Ich Mich im Sein erfühle, wenn auch ohne Meine Wesenheit zu sehn. Nun die simple Frage: wenn dein Irdisches, wie beispielsweise deine Leiblichkeit, sich auflöst und die Form verliert, Bist du dann nicht mehr? Da sag Ich dir, dein Leib war nie berechtigt, ungeniert „Ich Bin" zu sich zu sagen. Deshalb war er nie im wahren Sinne wirklich und somit ist dein Sein ein Geistiges, wie Meins, und weil es keine Form hat, kann es diese nicht verlieren.

Es ist ein prächtig, mächtig Unterfangen, zu erkennen, dass du Bist und dass dein Hiersein dem Un-Endlichen entsprungen und verpflichtet ist im Jetzt, wie auch in aller Ewigkeit, die dir aufs Köstlichste beschieden. Mit dieser Überlegung weise Ich dich deinem wahren Wesen zu und fordere dich dazu auf, dich dir auf diese Weise vollends zu erklären. Dein Sein ist in das Sein an sich vollkommen integriert und von ihm nicht zu unterscheiden. Somit ist dein Nicht-Sein aus dem Sein herausgefallen als die grosse Illusion, die alles Irdische beherrscht in grandiosen Zügen.

Dein Leib ist deines Wesens Kleid, mit dem Ich dich, ganz ohne dein Verdienst, beschenke, damit du dich entfalten kannst durch vielerlei Erfahrungen, durch die Gedankenstösse, die Ich dir vermittle, wie durch des Empfindens götterlichten Strahl. Was Bist du denn, wenn alles doch durch Mich geschieht, in deinem illusorischem, wie deinem echten Dasein im unendlichen Getriebe? Nichts anderes als Mich, im Sinn des Gottesgeistes, dem alles zugehört, was ist und was das Ganze ausmacht einer Welt von sagenhaftem Klang und Rang und Namen.

Hast du dich erkannt, kennst du auch Mich und brauchst dich Meiner wahrhaft nicht zu schämen. Deine Grösse liegt im Ansatz, den Ich dir verleihe; deine Macht in Meinem Willen, ohne den du als ein willenlos gewordenes Geschöpfchen dem Verhängnis deiner Triebe unterliegst, die dich ins Chaos deiner Selbstheit stürzen.

Erfühle dich in Mir und du bist würdig, Mich zu sein mit allen Attributen einer Gottheit von des Himmels Gnaden. Deine Wege sind die Meinen und dein Wollen ist das Meinige geworden. Was Ich lese, ist ein Halleluja von deinen Lippen, wie von deines Herzens rein gewordnem Schoss. Was Mir entgegen strömt, ist dein begeistert Dankgebet, ob all dem Guten, das Ich dir bescher. Deine Züge sind geglättet und bezeugen Heiterkeit, Erhabenheit und Wonne, Meiner zu, die sich ins All ergiesst und in die seinsglückseligen Weiten Meiner wunderbaren Disposition.

6.23

Mich zu bewerten nützt nicht viel, weil Ich an der Börse nicht kotiert bin und weil Ich keine Werte, die sich messen oder wägen liessen, an Mir trage. Dir ins Gewissen reden jedoch, fällt Mir nimmer schwer, weil noch all zu viel Verfehlungen, Gewissenlosigkeiten und Blamagen an dir hangen, die der laufenden Kritik und Korrektur bedürfen.

6.24

Neue Weise zu regieren, fordert redliches Benehmen, Herzensgüte und Erhabenheit im Umgang mit den Millionen, die zu Verschwendung, Prunk und Übertreibung reitzen. Was Ich hingegen generiere, ist von Fantasie und Schönheitssinn geprägt und nicht dazu bestimmt, in Kürze zu verleiden.

Im Grund genommen ist doch alles, was von Mir kommt, himmlischer Natur, um voll Anmut, Eleganz und Ebenmass ins Irdische zu strömen. Das macht Mein Wohlverstand und Meine Weitsicht in Bezug auf überragendes Design und Qualität, die lässt sich nimmer von der Schönheit scheiden. Was solcherweis ersteht, muss auch beglückend und gediegen sein fürs Herz, wie für die Augen. Eine Welt in Gott macht Sinn und für den Menschen lässt sich darin trefflich sein und wohnen. Mein Vermächtnis an sie lautet: licht und schön und Meine Gabe dazu ist das Beste, was Ich an Mir habe. Prüfe dich und eifere Mir nach, erkenne, was du Bist und winde dich in Wonne vor der Güte, die Ich Meiner Welt voll Innigkeit verstrahle.

7

Gegenstand des ruhigen Betrachtens

7.1

Alles Mögliche hast du vor dir gesehn und alles wolltest du im Nu und Sturm erfassen. Obschon dies immer war, zog eine leise Sehnsucht deine Seele wieder heimwärts, wo sie ruhig werden konnte und im gewohnten Milieu gesichert und geborgen lebte. Doch immer wieder drängte sie ein Etwas dazu, Neues zu entdecken und die Ansicht von der Welt zu stilisieren, bis zum Gehtnichtmehr.

Das ist, weil Ich vom menschlichen Gemüt noch nicht erkannt bin und weil all so lange keine echte Ruhe und Befriedung herrschen kann, wo immer du dich auch befindest in der Welt Gerissenheit und ihrem vielbewanderten Hallo. Erst wenn du Mein Sein gefunden hast -und damit aller Sehnsucht liebestrahlende Erfüllung- Bist du ganz Mensch und ganz dich selbst geworden, mitten in der Euphorie des Schaffens und Erringens neuer Weltenziele.

Zu dieser Reise ins Unendliche will Ich dir eine Fährte legen, deren du unmittelbar bedarfst, um dorthin zu kommen, wo die Seinsverständigen und Weisen, gütestrahlenden und Avancierten wohnen. Du brauchst nur deinen Tagen einen neuen Schmelz und eine neue Wirklichkeit und Schönheit zu verleihen, indem du dich darin für kurze Zeit dem Fixum auf das Weltliche entziehst und Mich, das Sein, zum Gegenstand des ruhigen Betrachtens und des Übersicht-Gewinnens wählst. „Ich Bin", kannst du dir ohne Unterlass ins Geistesöhrchen sagen und dich damit auf die Spur der Kenntnis deines wahren Ich begeben. Es gilt dabei, in Wachheit und Geruhsamkeit den Augenblick der vollen Remedur von dem, was bisher Inhalt deines Denkens war, zu kultivieren. Dem folgt eine radikale Abkehr von der Eigensinnigkeit, in die du dich voll Lebenslust verwoben. Du intonierst „Es denkt mich" und gewahrst dabei allmählich, wie du dich in eine

Sphäre höherer Ordnung und Gewissenhaftigkeit begibst, die dich umsorgt und liebevoll umflutet. Genauso ist es auch mit deinem allerwertesten Gefühl. Es ist unnennbar innig mit dem Weltgefühl verbunden, sagst du dir und merkst dabei, wie dich die Weltenseele schätzt und liebt mit allen ihren Fibern. Desgleichen kannst du sicher sein, dass sich Mein Weltenwille über alles legt, was ist, und dass du lernen musst, ihm zu gehorchen in verständiger und wohlbegründeter Manier.

Das ist es, was dir frommt in deinen besten Tagen. Es wird dir helfen, über alles Mindere mit Eleganz hinwegzukommen, um dich als seinsstabil und wahrhaft menschengotteswürdig zu erweisen.

Liebe deines Lebens Attitüde und erwache mählich und gewissenhaft in ihm zum Sein in Meiner Fülle und Gerechtigkeit, in Meiner Wohlgewogenheit und Meinem götterlichten Stil.

7.2

Treuherzig und verschwiegen frag Ich dich: Wie bist du bis hierher gekommen und mit welchen Mitteln hast du dich gefördert auf der prächtig für dich angelegten Lebensbahn? Gehörst du auch zu denen, die mit Ach und Krach ihr eignes Süppchen zu verdienen wissen, oder nennst du schon ein Portefeuille von beträchtlicher Geschmeidigkeit dein eigen, ohne dass dir weitere Ambitionen in Bezug auf das Lebendige, das dich umgibt, geläufig sind? Da muss Ich gar nicht lange recherchieren, um zum Resultat zu kommen, dass damit längst nicht das erfüllt ist, was Ich mit Fug und Recht und weise wissender Gebärde von dir fordern muss, im grandiosen Menschengarten.

Grundsätzlich kommen Redlichkeit, Feinfühligkeit den anderen Geschöpfen gegenüber, vernünftige, wie gottverehrende, Gedanken in Betracht, um auch nur den geringsten Anstand gegenüber Mir und Meinen Schöpferwerten einzuhalten. Jedoch schon dies Geringe will Ich mit bemerkenswerter Freundlichkeit und höherer Bewusstheit aufs Entschiedenste belohnen. Alles fängt im Menschentum ganz unten an und muss sich steigern und veredeln bis in höchste Regionen. Dazu bist du da, um mitzumischen an der sagenhaften Koalition, die sich das Ergründen Meines Wesens auf die Fahne schreibt und weder ruht noch rastet, bis sich wunderbare Resultate zeigen auf der feierlich begangnen Tour.

Jeder hat ein Väterliches und Allmütterliches über sich und muss sich dazu stilisieren, sich als wahrer Sohn der Gottheit zu erfühlen. Das ist dann die Erfüllung dessen, was Ich intendiere als das Tüpfchen auf dem "I" der menschlichen Errungenschaften. Nicht Fleisch und Brot allein sind dir vonnöten, sondern das Empfinden der geheimnisvollen Geistigkeit, die allem Da-Sein innewohnt, in wunderbarem Thronen. Spürst du Mich, so spür Ich dich und kann dich sanft und sicher zu Mir führen. Das ist dein ganz privates Alphabet der Hoffnung auf Genesung von dem Weltenwahn, der nur dem Seelenlosen huldigt und es gar zum Gott erhebt.

Unterscheide, sag Ich dir zum x-ten Mal und sei, was Ich dir Bin in tausend wunderbar verschlungnen Variationen, wie im Einen, Ewigen, das alle Welt erfüllt und ihr in glückerfüllender Allüre alles schenkt und spendet, was ihr frommt zu ihrem Heil und ihrem auserlesnen Seinsgenügen.

7.3

Wird sich Karma einst erschöpfen und das Hin und Her zur Ruhe kommen in des Gottes Weltenstrategie? Jeder angestossne Ton verklingt und jede Welle muss verebben in des Lebensreichtums Reifung und Falaria. Verhält es sich mit Karma ebenso, ist hier zu fragen? Was sich über viele Leben hinzieht, muss von einem Weltgedächtnis überwacht und minuziös gesteuert werden, das Ich Bin und dem die Rolle zukommt, sich in allem, was da ist, als ein einzig Wesen und Gewissen zu erfühlen. Das allein gibt Mir Gelegenheit, die Lebensströme in Mir so zu lenken, dass sie sich zur rechten Zeit berühren, um das in reiner Minne auszugleichen, was Not tut, um Gerechtigkeit und Harmonie, Holdseligkeit und Frieden zu gebären. Des Gotteswesens Karma löst sich mählich auf, weil Ich es will und weil die Ordnungen der Geistwelt es voll Liebe und Beharrlichkeit, Entschiedenheit und Wohlgemutheit wollen.

7.4

Was verbreitet Weltgedanken, wenn nicht Meine benedeiten Wortgefüge, denen man die Suplesse und Geschmeidigkeit des Götterstils von Weitem ansieht in den Menschenregionen. Dem Überirdischen wohnt ganz natürlich Edelmut, Bedeutsamkeit und Tatkraft inne, die von keinem Sterblichen auch nur im Ansatz vorgeführt und ausgestanden werden könnte. Wie weise ist es doch, wenn einer dort im irdischen Gewühle „hilf mir Gott" gesteht, derweil er sich bewusst ist, welche Kraft aus solchem Anruf resultiert. Nichts Minderes und Fadenscheinigeres kann ihm dabei helfen, seine Ziele zu erreichen. Doch ist es Mein Zauberwort, das von des Geistes Stätte Mächte in

Bewegung setzt, die jeden noch so starren Stumpfsinn leichthin überrollen und dem Gutgesagten zum Erfolg verhelfen, ohne jeden Aufschub in allgöttlicher Manier. Meine Rede mag dir nur als zarter Flüsterton erscheinen, doch ihre Wirkung wird von keinem noch so selbstbewussten Wort erzielt und übertroffen aus den Regionen, wo sich Menschenvölker angesiedelt und verbreitet haben. Doch immer, wo sich aus beseelter Brust ein Satz wie „Gott mit uns" vernehmen lässt, Bin Ich zur Stelle und verschaffe den Gequälten Recht und Sitte, Wohlgeborgenheit und Herzensharmonie.

Meine Grösse ist am Resultat, das Ich erziele, abzulesen; Meine Würde überstreicht die menschlichen Gefilde dort, wo sie erwartet, inniglich erkannt und gutgeheissen wird, von den zutiefst von Mir berührten Seelen. Ihr Heil liegt darin, dass sie Meine Gegenwart förmlich eratmen und in sich zum Zuge kommen lassen in Ergebenheit und seligem Gefühl. Wie ist die Welt doch von der Gottesgrazie durchzogen, dort, wo das Vertrauen lebt in den Gemütern und wo die holde Unschuld lebensfroh einhergeht in dem von mir gesegneten Allhier. Willst du einer von den ihren sein, so komm und leg dein Haupt in Meiner Arme Bund, dass Ich es mit Gedanken segne wahrer Wohlfahrt für die Welt und für die Gottesfürchtigen, die in ihr in Gelassenheit und Wohlgeborgenheit, voll Zuversicht und Seelenwonne leben. So wie Ich für sie Bin, sind sie für Mich diejenigen, auf die Ich zählen kann in Meiner Schöpferfantasie von heilen Welten, wie von wunderschönen Gottesgärten, wo die Wesen sich bewusst und liebevoll begegnen in der Heiterkeit des Ewigen, die sie beseelt. Bist du so, so kannst du Wunder über Wunder wahrer Menschlichkeit erleben und dabei Mir, als dem Allgöttlichen, beglückt und zielbewusst entgegengehn. Deine

Menschenwürde ist in Meiner wohlbewahrt und deine Tage fliessen in elysischer Holdseligkeit dahin in Hunderttausend auserles'nen Gnaden.

7.5

Das hat gerade noch gefehlt, dass einer das Gottesprinzip verleugnen will in seiner Ohnmacht, es gebührend zu erkennen und ihm den allerersten Platz in seinem Dasein einzuräumen. Nur allzuviele tun es, zwar unwissentlich, doch mit denselben Konsequenzen, dass ihr Weltbild einen Mangel aufweist von verheerendem Bedeuten. Seelenlos und geistlos ist das Materielle immer schon gewesen und das wissenschaftliche Kalkül, dass das Weltall mit Materie den Anfang nahm, ist brandfalsch und kommt daher, weil die gelehrten Häupter weiter nichts, als ihren vielgerühmten Sachverstand gebrauchen. Der aber reicht wohl aus, um alles Feststellbare eben wissenschaftlich zu erklären, kommt aber dem Un-Endlichen nicht bei, das Ich Mir Bin in vollen, runden Meisterzügen. Winzig klein wird ihr fantastisches Gehabe vor dem unerhört geschmeidigen als das Ich Mich in Meiner Geistes-Souveränität erfühle. Ausfall von den Höhen ist das Fest- Gewordene, das vordem flüssig, luftig, warm und schliesslich reines Geist-sein war. Vom Oberen zum Unteren Bin Ich geflossen in einem schöpferischen Akt von über-wältigender Schöne. Du, menschliches Gebilde, bist nun auf dem Weg nach oben, wo schon immer deine Quelle und dein geistesabenteuerlicher Ursprung war. Wenn du wüsstest, welche Hoheit und Titanenkraft, äonenweite Sicht, Genialität und Güte des Allherrlichen Mir inne ist, du müsstest dich in Ehrfurcht winden vor dem urgottseligen und makellosen Sein, das Ich Mir Bin im Zeitenlosen.

Der Erkenntnis dessen, was Ich Bin muss das Erkennen deiner selbst auf raschem Fusse folgen, denn was Ich Bin und was du wahrhaft Bist, ist untrennbar und wunderbar in Eins verschlungen. Neigte Ich schon Meines Geisteshauptes Unermesslichkeit zu deinem aberwinzigen hernieder, so richte ich es in dir wieder auf und gönne dir die Einsicht, dass es ist das Abbild Meiner Geisteszüge. Hast du begriffen, dass schlussendlich alles, was du darstellst, Meinem Weltensein entspricht, so kannst du es in einem hocherhabenen Erkenntnisakte wieder bis ins Unermessliche erdehnen. Das Grandiose wird zum Kleinen, das Minikrime wird unendlich gross in Meiner Weisheit, Meinem Willen, wie der sakrosankt geführten Gottestat.

Demut ist für dich am Platz und zugleich Licht vom Licht für deine gottgesegneten Gedanken, denen Ich Gevatter bin in aberwürdiger Manier. Es könnte nicht nur sein, es ist, dass Ich, in dem was du dir denkst, dich denke, und dass alles in Verwandlung Meiner Selbst in Welt und All geschieht. Damit aber Bin Ich dich und du Bist Mich in einer Übereinkunft von unendlich segenvollem Seinsbedeuten. In dieser Sicht der Dinge kannst du nimmer fehlen, weil dein Sinnen Meins geworden und dein Handeln Meinem voll entspricht in fabelhafter Einigkeit und voller Geistesharmonie.

7.6

Von dannen Wiederkommen werde Ich, zu richten Lebende und Tote und Meines Reiches wird kein Ende sein. Wie kommt es, dass man Tote richten kann? Die geistig Toten sind es, die die Herrlichkeit des Herren nimmer sehn. Ich frage jeden: „Traust du dich, das Reich der Sinne hinter dir zu lassen und den Sprung ins unbekannte Geistige zu wagen, das Ich Bin?" und "hast du dazu nicht den Mut, so bist du schon gerichtet aus der eigenen Schraffur". Das „Dannen" ist das Zeitenlose, das im ewigen Jetzt geschieht, und jetzt, in diesem Augenblick, musst du dich für die Geistwelt, oder gegen sie entscheiden. Tot bist du, solang du nicht im Geiste zu Mir auferstehst, und zu den Lebenden gehörst du, wenn du dich bewusst zum Gottesreich geschlagen.

Meine Güte ist so gross, dass Ich dich für alle Zeit in Meinem Reich erwarten kann, du brauchst es nur zu wollen und Mein Sein zu akzeptieren in der geistigen Potenz, in der Ich dir voll Nerv entgegenkomme. Meine Geistesgaben sind so mild und seligmachend; doch wenn du sie verschmähst, vergräbst du dich ins Dunkel deiner Zeit zu deinem, wie zu Meinem Schaden.

Zu Mir auferstehn bedeutet, die Gespinste höherer Vernunft, dem Wagenlenker gleich, begeistert in der Hand zu halten. Das Erkennen Meiner Gegenwart befreit dich von den Erdennöten und öffnet dir das Himmlische in lichten, vollen Zügen. Bist du da, wo Ich Mir Bin, hast du Lebendigkeit gewonnen und darfst dich Seinsverklärter nennen, ohne jede Bangnis, frei heraus im Götterstil. Was willst du mehr und weshalb willst du dich vor dem verschliessen, was dir frommt und was des Menschen Zukunft ist und wunderbares Ziel? Du Bist, wie Ich, das sakrosankte Etwas der Allherrlichkeit, in der wir alle sind und wesen. Schauen sollst du es und in der Sohnschaft Gottes leben; lieben sollst du das "Ich Bin" und deine Tage mit dem Wort: „das Sein Bin Ich" vollenden.

7.7

Moderne Zeiten sind nicht unbedingt vom besten Stil. Es mehren sich die Zeichen, dass vieles in Bezug auf den Gemeinschaftssinn bedenklich auseinanderdriftet, derweil das Eigensinnige zu seinem Rechte kommen will, in unverschämt gewordener Manier. Im Osten wirken radikale Kräfte selbstzerstörerisch und wo die Mitte Ausgleich schaffen sollte, breiten sich Ratlosigkeit und Ängste wie Polypen aus, die die Menschen in die Irre führen.

Das ist, weil allsoviele noch im Erdgebundenen, Verstandesmässigen verharren und Meines Geistes Triebkraft, Konsequenz, Erhabenheit und Evolutionenträchtigkeit bei weitem nicht gewahren. Die vielen wären alle ihre Sorgen los, wenn sie sich Mir vertrauten und damit götterlichte Kräfte in Bewegung setzten, die ohne jede Eigenbrötelei dem Ganzen dienen und das Heilende und Weise, Wohlgesinnte und dem Herrn Gefällige zum Zuge kommen lassen.

Mitten in den Trug und Trubel tönt wie immer Meine sanfte Stimme: jeder kann sich innig zu Mir wenden und, den Seelenblick zu Meiner Fülle und zu Meinen Ordnungen erhoben, Ruhe und Befriedung finden in des Herzens hell gewordenem Quartier. Verstehst du's dich zu sammeln, bindest du die streunenden Gedanken an dem Einen an, das Ich Mir Bin und das du ohne jeden Zweifel selber Bist. Du rettest so das Weltverlorene ins Reich der geistigen Potenz hinüber, wo Harmonie, Gerechtigkeit und liebevolle Freundschaft herrschen zwischen den Gesegneten von Meinem Wohlverstand und Stil.

Es ist die Grazie des Himmels, die dich dann durchflutet und dir die Bewusstseinstore öffnet zu den unermessnen Sternenweiten hin, die sich in deinem Haupte spiegeln und dir helfen, von dem Universenhaften, das in deinem Wesen schlummert, mählich etwas zu verstehn.

Du Bist nichts und alles, will Ich dir geheimnisvoll ins Öhrchen flüstern und du brauchst dich nur auf Meine hochgespannte Schwingung einzustimmen, um den Ton und die holdselige Gelassenheit des Ewigen voll Wonne zu vernehmen. Das ist dir dann Beweis genug, dass du die Schwelle zum Elysium voll Anmut überschritten hast, um dich in Meinen Geistesgärten wohlzufühlen. Wie heisst es doch im Buch der Weisheit von den Seinsverständigen, dass sie den Fuss in Ungewittern und das Haupt in Sonnenstrahlen baden. Das kann jederzeit gerade auch für dich und deine Schau auf was du wirklich Bist bewundernswerte Geltung haben. Meiner Würde würdig wirst du sein und Meiner Geltung gütestrahlender Gespan, sowie dein Ein und Alles Mich betrifft und Meines Freiseins seelenvolle Überschwänglichkeit in deinem Dich-Verwundern.

7.8

Meiner Sonne Glanz und Strahlen offenbart, was Ich Mir Bin, als Geisteswesen von berückend reiner Schöne. Hinter jedem lichterfülten Strahl ist Göttliches verborgen, das da wirkt und webt und Meiner Kraft gemäss bewundernswertes Leben züchtet in der Weltenregion. Du Bist herabgestuftes Licht in deinem Menschensein, mit allen hoch-sensiblen Funktionen; bist du bewandert, wanderst du zurück zur Helle des Verklärens in des Gottes Sonnenwesen.

Was ist mehr zu schätzen als die Perspektive auf ein Dasein in der Makellosigkeit des Lichts und seinem Sich-Verstrahlen. Alles blüht und duftet ob dem zarten Strich der wandernden Beginne, die die Lande mit begeistertem Erwachen überziehn.

Das Geglückte lebt in der Beglückung all so lange, wie es nicht ins Selbstgefällige verfällt und sich mit etwas brüstet, was ihm nicht gehört. Nur die Wesen, die Mir ganz gehörig sind, erfahren sich in Meiner Kompetenz und Meinem Götterwillen als das Licht vom Lichte und das Göttliche vom Gottesstrahlen. Willst du diesen Nimbus auch erreichen, geh in dich und schaue, was Ich dir in deiner Innheit und Verschwiegenheit geworden bin als Herr der Dinge des Verklärens. Geistessonnenwelt und Menschenherz sind eins im Gottessinne und berühren sich im allerinnigsten Bezug. Mehr als dies Überragende ist nicht zu wünschen und Beglückenderes gibt es nicht, als die Erkenntnis deines wahren, gottgeschwisterlichen Wesens.

7.9
Meldung über Meldung trifft hier ein von überragenden Ereignissen im Reich der erdgebundnen Wesen. Ich sichte sie und werte sie nach ihrem himmlischen Bedeuten und vergesse wahrlich nie, davon Erwiderung abzuleiten. Was jedem frommt wird hell besonnt und in natürlichem Gehaben in seine Seele eingetragen. Nun bist du dran, von Mann zu Mann und kannst dich nimmer winden, die inn're Welt wird so bestellt in unermesslichem Sich-Finden.

Haltlosem Halt zu geben Bin Ich stets bereit - und Würdige mit Dignität und Hochgemutheit zu versehn. Wer geht da ein und aus in Meinem Hause? Der mit dem Siegel der Gerechtigkeit bezeichnet ist am Sein und Leben, der sich führen lässt von Mir durch alle Wirrnis dieser Zeit und der dem Ewigen den Vorzug gibt vor allen

Niedrigkeiten. Mein ist die Hoffnung auf ein Wiedersehn mit den Getreuen des allherrlichen Vereinens. Sie soll auch die Deine werden in der Sehnsucht nach dem Licht, der Seins-Wahrhaftigkeit, wie der Geborgenheit im namenlosen Frieden.

7.10

Was ist zu bereden, wenn dein Herz vor Sehnsucht überläuft nach dem geheimnisvollen Etwas, das im Abendhauche still an ihm vorüberweht und in der Morgenröte Balsam ist für das entzückte Augenpaar? Es ist zu diskutieren über jene Kräfte, die dem Weltenall zugrunde liegen und das Schöpfungswerk zu unnachahmlicher Grandezza und Vollendung treiben. Wie mag so viel an Schönheit, raschelnder Beständigkeit und feinbewegter Grazie entstanden sein, im Lauf der blühenden Äonen? Wie viel an Weisheit, Sachverstand und Güte muss sich in dem Einzigartigen befinden, das sich nie zeigt und das man doch mit Händen greifen kann in jedem so verspielten Blumenkelch und jedem lichterloh lebendigen Geschöpf, das in sich selbst agil ist und dann wieder, als ein reizend Kätzchen, selig in sich selber ruht im schnurrenden Darniederliegen.

Das kann nur Ich, der Gottesgeist von Himmels Gnaden und Begünstigungen, Liebenswürdigkeiten und Betriebsamkeiten sein, aus dessen Fülle alles spriesst, was ist und was sich über Kontinente, Himmelsstriche und Unendlichkeiten breitet, in der Pracht und Eleganz, Vernünftigkeit und Anmut die Ihm eigen. Das bedeutet, dass noch jede seiende Struktur den Ursprung hat im geistigen Allhier, das sich aus sich selber bis hinunter in das Erdenfeste stilisiert hat, um darauf in aller Form und

Wertbeständigkeit zu wohnen. Wie kindlich ist es doch, aus der expandierenden Bewegtheit der Gestirne ohne weiteres zu folgern, dass ein Urknall den Beginn markiert und dass von dem, was damals als Materie vorhanden war, das so Komplexe, Diffizile und Verletzliche bis in das Menschengeistige hinauf entstanden sei, in wunderbar gefälligen und meisterhaften Zügen. Tragisch und vermessen ist es, solchen Umgang mit der menschlichen Gedankenwelt zu pflegen, denn der Gott der Wahrheit, der Ich Bin, wird damit vollends ausser Acht gelassen und im Grund genommen auch verhöhnt von der Überheblichkeit der Geister, die die Geschichte vom Entstehen aller Dinge nach der Sinnenfälligkeit beurteilt haben.

Ich aber Bin aufs Allerwürdigste bewandert und beflissen ohne die Gelehrten, die zwar in bewundernswerter Weise vieles, aber längst nicht alles, was da ist und seines Daseins Fluidum verbreitet, aufgelistet haben.

So suche denn, was droben ist und was den Weltendingen ihren Halt und ihre Haltung, ihren Charme und ihr Genie vergibt. Messe dich mit Meisterkräften, die von Mir zu dir in reiner Konsequenz und Fabelhaftigkeit, Verbindlichkeit und Fülle fliessen. Nimm Anteil am Geschehen im Bewusstsein, dass Ich daran den allergrössten Anteil nehme. Zirkuliere, aber halte dich in Meinen Kreisen fit und fröhlich, gläubig, glaubhaft und fidel. Ewigen Bestand hat, was aus Meinen Schalen in die Welten strömt und was gesegnet ist, lebendig und beglückt durch Meinen Einfluss und Mein friedensfürstliches Gehaben.

7.11

Willst du wahre Gottesfreundschaft pflegen, so wende dich Mir zu mit Herz und Sinn, mit Inbrunst und Vertrauen und mit deines ganzen Wesens Minne, Wohllaut und Bravour. Wie heisst es doch in allen Fibeln, die von Mir und Meiner Fülle handeln: Gott ist Liebe, Lauterkeit und Licht für alle Welten, die er sich erschuf. Was willst du da noch zögern, dich ohne jeden anderen Gedanken Mir zu weihen, aus ganzer Seele und mit allen deinen Kräften pausenlos. Nur wenige sind dieser Forderung gewachsen, doch sie werden reich belohnt mit Geistesgaben, die da sind: das kosmische Bewusstsein, die All-Liebe, wie die innige Verbundenheit mit dem der ist in einer Einigkeit, Wahrhaftigkeit und Wonne ohnegleichen.

Bist du dir bewusst, dass jedes Wort aus Meinem Munde ausgerechnet dich betrifft, warum? Weil Ich Mich an alle wende, die Ich selber Bin in Meinem göttlichen Gehaben. Ist es dein Wille, vor dir selbst wie vor dem überragenden und selbstbewusstem Seins-Profil von Meiner Provenienz galant und sicher zu bestehn, so kann Ich dir nur raten, fange jetzt gleich an, dich in der Kunst der Meditation zu üben. Du lässest alle weltlichen Gedanken unbeachtet und in Mich vertieft an dir vorüberziehn. In Mich vertieft sein heisst, dich auf Über-Sinnliches zu konzentrieren, wie „Ich Bin das Sein", und damit wirst du dein Bewusstsein stärken, weiten und beflügeln weit hinauf zu Meinen Räumen im Allhier. Du vergissest dabei deiner Kleinheit Erdenkapital und dehnst dein geistig Wesen aus bis ins All-Räumliche, das Ich intens mit dir bewohne. Nicht fantastisch aber fantasievoll nenne Ich das überragende Betragen, das du damit offenbarst. „Ich Bin das Sein" zu üben und schlussendlich zu erkennen, ist die allerschicklichste Errungenschaft,

die du dir leisten kannst in deines Lebens Sinngedicht und Solala. Ich bürge für Erfolg und du sollst
für Geduld und guten Willen sorgen in der so
begonnenen und irgendwann vollendeten,
bewundernswerten Tat.

In Mir, wie dir, zu sein ist ein Ergebnis deines Tuns,
gerade so wie Meines Gnadespendens
wirkungsvolle Matinée. Nur was sich ziemt soll
Vorrang haben und was sich Meiner würdig und
genehm erweist, soll in das Ewige und Absolute
Einlass haben. Was dich errettet ist Mein Wort, wie
deines Vorwärtsstürmens rigoroses Wagen; was
zählt sind dein Auf-Mich-Vertrauen und Mein all-
umfassendes, verheissungsvolles, gütestrahlendes
und wagemutiges Genie.

7.12
Meinetwegen ist auch deinetwegen in der langen
Liste der Begünstigten von Meinem liebevollen
Strahl. In Grund genommen kannst du dich darüber
nicht beklagen, was du alles an dir hast aus Meinen
götterlichten Schalen. Soll Ich dir ein Kränzlein
winden oder windest du es Mir ob all dem
Trefflichen, aus dem die Welt besteht, in der du dich
bewegst und deinem Willen frönst, es schön und gut
zu haben.

Mich selber brauch Ich nicht zu loben, weil ja alles,
was besticht und Grösse hat und Tugend, von Mir
ausgeht und aus sich selber Meinen Ruhm
verbreitet über alle Lebenswelten hin. Was Ich Bin
und gelte, kündet die erhabene und allumfassende
Natur, die Ich mit meisterlichem Gestus, mit
Gedankenschärfe und Vortrefflichkeit bedenke.

7.13

Weich Mir nicht aus, wenn Ich gerade jetzt die Hände dir zum Gruss entbiete, um dich von Meinem Sein und Meiner Gegenwart zu überzeugen. Du brauchst nur still und stiller vor dir selbst zu werden, damit Ich dich mit Meinem Gotteswort bedenken kann und um deiner Ansicht von der Welt Unendliches hinzuzufügen. Gar vieles, was dir bisher fremd und unerforschlich schien, wird dir nun klar und transparent in deinen Wesensgründen. Es vermittelt dir das Bild von einer Geistwelt, die dich in lichterfüllter Selbst-Verständlichkeit umgibt und alles regelt, wunderbar belebt und liebt. Das Schauen dieser sakrosankten Hemisphäre wird nun peu à peu zu einer absolut allmenschlichen Affäre, um die sich keine noch so clevere Verstandeswissenschaft foutieren kann. Die Menschenseelen lechzen nach der Wahrheit über ihren Stand in Universenweiten und Ich verkünde diese. Fühlst du dich angesprochen, ist das der Beginn des neuen Lebens, das Ich dir schon lang verheissen habe und an dem du dich erlabst, wie niemals noch zuvor. Ein Heil unendlichen Gewichts ist dir geschehen, eine Heiligung per se, von der die grössten Denker und Gelehrten kaum zu träumen wagen.

So weit muss es kommen, dass auch der schlichteste der Bürger Mich versteht in seines Herzens Beuge, die sich mit des Denkens Wunderkraft vereint zu einem Ganzen von gottseliger Manier. Der Weltenzwiespalt wird damit geschlossen und die Menschen spüren die All-Einigkeit, die in ihnen wohnt seit Generationen. Und diese kommt von Mir und ist gerechterweise nur in Meinem Sein zu finden.

Ohne jeden Aufschub tritt nun ein, du Hingegebener, in die Allherrlichkeit der Sphären, die Mein Wohnsitz, Mein geliebtes Sanktuarium und

Meine Wonne sind seit aller Zeit, die Ich für Mich erschlossen habe. Da gibt es keine Feldschlacht mehr, weil sich die Herzensruhe etabliert hat und das Trügerische im Durchschauen sein blamables Ende fand. Mich sein ist der grösste Zauber, den Ich deiner Wesenswelt gewähr und damit ist Erkenntnis deiner selbst zugleich die Gotterkenntnis, nach der die Trefflichsten der Geister unentwegt und seelensicher streben.

7.14

Ich propagiere das Millenium der guten Taten, die von Mir angerichtet und verübt, gestiftet und verbreitet werden. Es ist ein neues, wunderbar beschauliches Konzept, das Ich Mir ausgedacht und ausgebildet habe. Die Fäden aller Eintracht und Geselligkeit, Erbaulichkeit und Wohlfahrt laufen allesamt bei Mir zusammen und verleihen dem Geschöpflichen die Kraft, vertraulich und salut zu sein mit aller Konsequenz und mit dem Nimbus der Gottseligkeit auf seinen Zügen.

Ich mache vor, was niemals andere erreicht und ausgekostet haben. Ich fördere das Exquisite in der Welt und Bin ein Dauergast bei denen, die Mein Bild im Herzen und Mein Lob auf ihren Lippen tragen. Spürst du Meine Nähe, kann Ich dir mit allen Meinen Seinstalenten und Errungenschaften fein säuberlich zu Hilfe kommen, um den Gottesglanz in deinen Augen zu erneuen und dem Liebenswerten deines Wesens neuen Auftrieb und beachtliche Rendite zu verleihen.

Was in dir vorgeht ist schon längst in Meinem Kabinett der guten Hoffnung vorgegangen; was dich bewegt, hat Mich schon immer angeregt und schlicht dazu bewogen, tatenträchtig einzugreifen ins Gewoge der Gefühle, um sie dem

Harmonischen und Stilgerechten zuzuführen. Werbe du auf deine Art und Weise für das Meisterhafte, das Ich aller Welt gewähre und betone dabei, dass das Makellose absoluten Vorrang hat vor allem Minderen in allen Daseinsprozeduren. Gestehe dir und Mir, was deinem Reiche zugehört und was für Meins bestimmt ist in der Glorie der Himmelssphären. Dann aber füge beides mild und kennerisch zusammen zu dem Einen, das da ist, und das Vollendung und Genie bedeutet, Liebesstrahlen, wie die Grazie Elysiens in jeder Weise des Gelingens einer Götterstrategie.

7.15

Wie betitle und bestätige Ich das Zeitenlose, wenn nicht mit: ausserordentlich und wunderbar. Das weiss Ich aus der eignen Evidenz heraus, die ist und sich allüberall verbreitet und vertieft mit ihrem götterlichten Strahlen. Rette sich wer kann, ruf ich den Massen zu, die sich auf dem Schiff der Ignoranz durchs Leben treiben lassen. Ihrem Selbstgefühl bedeute Ich nicht viel und so driften sie in Ahnungslosigkeit dem Untergang im Katarakt entgegen.

Von allen Übeln dieser Welt ist dieses das Entscheidendste, dass die Vielen sich um Meine Geistesgegenwart foutieren. Damit aber fallen sie in die Vereinzelung und bald in einen schrillen Kampf ums Überleben. Sie sind dem Mammon und der Gier nach Macht verfallen, finstern Mächten, denen sie kaum noch entkommen können. Ich aber biete ihnen Meine Geisteshilfe an, die ihnen Einsicht bietet in ihr wahres Wesen, wie in Meins, von dem die Dichter sagen, dass es voll Sanftmut und voll Liebe sei, den Seinen gegenüber, die es sich erschuf. Nun komme, wer da kommen will, in

Meines Reiches Aufbruch, Anspruch und herzinniges Empfehlen. Restauration der Dinge der Allherrlichkeit ist überall vonnöten, wo Ratlosigkeit und Lebensangst um sich gegriffen haben. Dazu Bin Ich da, die Menschen zu der Weisheit Meiner Art hinanzuführen und ihnen ihres wahren Seins Bewandtnis und Entschiedenheit zu offenbaren. Das wahre Glück der Welt kommt dir von oben, nicht von unten, zu und alle deine recht banalen Pläne sind mit Meinen, fürstlichen, aufs Innigste verbunden. So fängt die Einheit allen Lebens bei Mir an, verströmt sich an dein Provisorium und endet wieder, wo es auch begann, in Mir, dem Sein von aller Welten Sinn und Sehnsucht, Opportunität, Gerechtigkeit und seelenvollen Gnaden.

7.16

Pro und Contra, ein handelsübliches Verfahren, um herauszufinden, ob bei einer Sache das Positive oder Negative überwiegt. Auf Mich bezogen sieht die Sache anders aus, weil bei Meinen Aktionen auch das Unbedarfte noch zum Guten führt, das Ich auf jeden Fall erstrebe. Meine Ambitionen sind eben nicht so leichthin zu durchschauen, doch sie führen schliesslich allesamt zum lang ersehnten Ziel.

Meine Unvoreingenommenheit ist längst Legende, Markenzeichen und Motiv für Meinen überragenden Erfolg geworden. Du brauchst nur hinzuschauen auf die vielen Sparten Meiner Kunst agil, zweckmässig, unübertroffen und begehrenswert zu sein und schon bist du von Meinen götterlichten Qualitäten überzeugt. Du bist von Mir dazu berufen, ebenso bezaubernde und kapriziöse Taten wie die Meinen zu vollbringen, denn durch deine Adern strömt Mein Blut und Meine Stärke, Mein Latein, wie Meine Unverfrorenheit in grandiosen Meisterzügen. Du trittst auf irgendeine Bühne und erntest schon zum vornherein frenetischen Applaus, dem sagenhaften Ruf gemäss, den du dir weltweit schon errungen. Sieh, Meine Seinsimpulse sind in dir das eigentliche Kapital, das dir die Sympathie des zahllos zugeströmten Publikums beschert.

Lass dich nicht lumpen, wenn du auftrittst und das Publikum entzückst mit deinen bravourösen Künsten, wie mit deiner Fähigkeit, das Equilibrium zu halten zwischen dem Zuviel und dem Zuwenig, dem zu Ernsten, wie dem Lächerlichen in der Folge deiner Hitparade. Das bringt dir den Nimbus des Vollkommenen wie des Götterherrlichen ein, an dem sich ganze Völkerscharen aufs Entschiedenste erfreuen. Mir zu folgen kommt hier in Betracht und Mein Vorbild gutzuheissen, kommt dir bis zum Gipfel deines Ruhns aufs Entschiedendste dabei zugute. Erringe dir die Freude und die Zuversicht am Sein, das Ich dir mit auf deinen Weg gegeben und verwalte und erhalte es mit königlicher Würde und bis in alle Weiten hoch erhabnem Götterstil.

7.17
Wer erkühnt sich, wider Mich zu löken? Der ins Ahrimanische verstrickte ganz und gar. Seine Seelenaugen sind geschlossen, seine Lust auf Geistigkeit hat er ob all dem Blendwerk materieller Disposition zutiefst verloren. Nicht, dass Materie zu verdammen wäre, doch ist es verwerflich zu behaupten, dass sich alles aus dem Stofflichen bis ins höchste Geistige hinauf entwickelt habe. Solche Statements generieren eine Unwucht in Bezug auf die Betrachtung allen Weltenseins, dem Seelen-losen, Gottesfernen zu. Ich hingegen weiss, wie sich die Dinge von der Geistwelt her gestalten, deren Wärme, Genialität und Fruchtbarkeit, Takt

und liebevolle Anteilnahme am Geschick der Wesen alles übersteigt, war wir uns denken mögen.

Mit dieser Ansicht, liebe Freunde, grabe Ich Mich tief in eure Herzen ein und lass darin die Sehnsucht und Entschiedenheit nach Meinen Welten spriessen. Was sichtbar ist, legt sich wie eine Trübnis über Meine lichterglänzenden Gefilde, und es kostet jedem strebendem Gemüt unsäglich hartes Überwinden, bis das Geistige gefunden ist in seiner Herrlichkeit, die ausgeht von dem Vater, die vom Sohn verkündet wird und sich hinauf zum Heiligen Geiste wendet in der Trilogie der Gottheit, die Ich voll Würde und Gelassenheit vertrete.

Kommen wir zum Amen der Geschichte, hört sie im Erdenwesen auf und geht im Un-Endlichen vergnügt und tapfer weiter unter Meiner gütestrahlenden Ägide, die von Göttlichkeit, Erhabenheit und Herzensgüte was versteht.

7.18
Vollblut, wo es darum geht, eine zauberhafte Sache zum ersehnten Sieg zu führen. Geduld ist angesagt, Vertrauen und Begeisterung am Werk, um unbedingt Erfolg zu haben auf der Bahn der Tausend Möglichkeiten, eine Schlappe einzufangen. Du schaust dir bei der Arbeit zu und offenbarst nur ein Verlangen, das genialisch Konzipierte in Perfektum noch vor dir zu sehn.

Ausgeklügelte Systeme sind Meines Ratschlags ganz besonders wohlfeil und bedürftig, weil selbst die geringste Unvollkommenheit an ihnen sie zum Ausschuss degradieren kann. In dieser Hinsicht ist das All und alles in ihm Meinem ganz besonderen Schutz empfohlen, denn das Schwache mach Ich stark und dem Starken füg Ich Stärke noch hinzu, damit es bis zum Himmel wachse und begeistert sein Talent verrausche um sich her.

7.19

Uff, ein Lebenszeichen aus der Welt von denen, die wir Tote nennen. Willst du erfahren, wie es um sie steht, so lass dir ungeniert von ihnen sagen, dass ihr Gedankenwesen und Gefühl intakt und koscher sind, so wie sie's immer waren. Damit ist gegeben, dass der Menschenleib zwar nützlich ist, um Sinnenfälliges zu aquirieren, für das reine Geistsein jedoch ist er nicht vonnöten. So fehlt denen, die das Sinnliche verlassen haben, gar nicht viel und sie können sich begeistert rühmen, mehr von sich und von der All-Welt zu begreifen, als sie's vordem taten. Das ist nicht verwunderlich, weil die Sinne zwar Gewaltiges und wunderbar Beseligendes leisten, hinter die Kulissen des so regen, runden und ereignisvollen Welttheaters jedoch, können sie nicht schauen. Dafür braucht es schon die absolute Stille in Gedanken wie im Herzgefühl, damit Ich künden kann von einem Da-Sein völlig unbeschwerter Art im Lichte, das den Geisteshimmel überzieht. Du fühlst dich endlich als der König deiner selbst und fühlst dich zugleich so persönlich, innig und vertrauensvoll mit dem Unendlichen verbunden, dass du bekennen musst, Es selbst zu sein, mit allen herzergreifenden Nuancen. Das macht dich seelensicher, all-weit im Bewusst-Sein und unendlich glücklich, weil du wieder heimgekehrt bist in die selige Mitte allen Seins, von dem du ausgegangen. Das ist dann die Erfüllung deiner Sehnsucht, zugleich mit dem Reichtum an Erfahrung, den du mitbringst aus dem Erdenleben.

Sein wirst du, so wie du's immer warst, Erkennender von Gottes Sein und Gnaden, welcher sich in Ihm aufs Köstlichste geborgen und geadelt sieht.

7.20

„Der Weltgeist will uns Stuf um Stufe heben weiten". Das Hesse-Gedicht ist dir und allen auf den Fersen, die geneigt sind Meiner Stimme zuzuhören und daraus die rechten Schlüsse und Erbauungen zu ziehn. Für dich wird vieles erst konkret, wenn es dich hautnah, unmissverständlich und zutiefst persönlich anrührt, im ereignisvollen Zeitenmass. Da kannst du nimmer weichen und stehst Mir plötzlich Aug in Auge gegenüber, was dich recht verblüffen und verdattern kann. Du stammelst: „Immer dir zu Ehre" und erkennst mit Schrecken, wie es nur ganz selten so und eben sonst ganz anders war. Deine Züge glätten sich erst, wenn Ich dir ganz herzlich sage: „Sei und schiebe nicht auf später, was du jetzt in Meinem Sinn und Geist verrichten kannst." Deine Wege kreuzen sich mit vielen, die dir recht absonderlich erscheinen. Doch den Rechten findest du heraus, indem du lauschend innehältst in deinem Rasen und darauf gezielt nach Meinem Wort verfährst, in deinem Antrieb und Gebaren.

Im Grund genommen kannst du mich gar nie verfehlen, weil Ich ständig und inständig deine Mitte bilde im Allhier. Somit führen alle deine Wege stracks zu Mir, wenn du nur zu dir kommst, in der Strategie der Hoffnung und Begeisterung am götterlichten Leben.

Meine Bürde ist nicht schwerer, als du sie ertragen kannst in deiner Wanderlust und deinem Nach-Erfolg-und-Seelenwonne-Streben. Dass Ich dich stets begleite, brauchst du nur gebührend einzusehn und schon spazierst du auf der sichern Seite deiner selbst, beglückt und heiter, himmelan.

Das ist die ganz konkrete Weise Meines Mich-verständlich-Machens in der Schau auf was du Bist und was Ich Bin in dir und deinen Äusserungen. Die Geschichte deines Seins kann nur in Meinem ihre letzte Reife und erstrahlende Vollendung finden. Nur dir selbst verpflichtet sollst du tapfer durch das Leben schreiten und dabei gewiss sein, dass ein Gott in dir des Weges geht: gewinnend, meisterlich, entschieden und beglückend, seelenvoll und genial.

7.21
Verständigung zwischen dir und Meiner Residenz ist immer noch das Schicklichste, was dir geschehen kann, in deiner grandiosen Menschenkolonie. Es bauen sich Gespräche auf von wunderbar geschniegelter Gedankendichte zwischen dir und Mir, wenn du's nur verstehst, in schweigende Erwartung zu versinken vor dem götterlichten Einfluss, den Ich dir liebend gern gewähre. Was Ich von dir erwarte, ist ein reines, offnes Herz, das Meinem Gegenüber keine Tücken kennt in seiner vielerfahrenen Natur. Ich kenne ohnehin ein jede noch so fein verborgene Nuance deines Dich-Erfühlens, weil Ich Mich selbst mit ihm auf's Innigste verbunden seh.

Das ist nun deiner Hoffnung Part, wie deiner Weisheit Transferieren, dass du Mich in dir gewahrst und dass du dich als eines Gottes Wohnstatt Meiner würdig und gerecht erweisest.

Lässest du dich feiern ob der genialischen Gewieftheit deiner Taten, sei dir stets bewusst, dass sie zu allererst in Meinem Glanz erglänzen und in Meiner Anmut vor dem Volke stehn. Erst diese

Ansicht macht dich ganz und heilt dich von der Illusion, dass du für dich allein auch nur das Mindeste bedeutest für die Welt und gar noch für den Kosmos, den Ich auf das Allerwirklichste vertrete. So wie du Bist Mein Augenstern, will Ich der deine sein und will Mich von dir feiern und verehren lassen. Erhebe dich zu Mir und schon Bin Ich in dir in alle Himmel aufgehoben. Weise deinem Sein die richtige Bedeutung zu und alles Leben, Wirken und Gedeihen hat in Meiner Pracht und Allmacht, Meiner Seligkeit und Zartheit wunderbarerweise ihren Sinn gefunden.

7.22

Ein Sponsor himmlischer Gerechtigkeit Bin Ich an dir und allen, die Mich hoch in Ehren halten. Du wandtest dich Mir zu - und darauf lass ich Gnade walten von der Art und Weise, die das Herz besänftigt und entzückt in seinem pausenlosen Mir entgegenschlagen. So geschieht es, dass im Chaos vieler Ränke und Intrigen eine Welt der Ordnung, Makellosigkeit und Lieblichkeit entsteht, an der die Irdischen sowie die Himmlischen ihr Sinngedicht und ihre Herzensfreude finden. Bereits verbrieft ist, dass auch du zur Schar der Auserwählten der Allherrlichkeit gehörst, die auf dem besten Wege sind, Mein Heil und Meine Heiligung zu finden. Das bedeutet Sieg der Gottheit über die Barbaren, Wohlgeborgenheit und Herzenswonne für den Hofstaat, den Ich Mir im Myriadenvolk der Seinsgerechten zugelegt und anerzogen habe.

Du bist der Willige und Strebende in deiner Väter Land, doch Ich Bin jener, der es ihnen freien Sinns zum Pfand gegeben, damit sie sich entfalten können durch die Generationen bis hinauf zu dir, dem Spross, der allem würdigen Bestreben die

Vollendung und Erhabenheit verleihen soll, die allem Menschlichen gebührt in seiner Sehnsucht der Gottseligkeit entgegen.

So wie du Bist Mein erster, allerinnigster Gedanke früh am Tage, Bist du Mein Kleinod in der Finsternis der Nacht, das Ich wie Meinen Augenapfel immerfort behüte, dass ihm weder Unheil noch Betroffenheit geschieht. Meine Treue gibt dir Zeugnis von der Unermüdlichkeit, mit der Ich dich und deine Welt begüte und behüte, richtig stelle und sie mit dem Glanz des Ewigen bedenke. Bist du Mein Konterfei, so sprudelt auch in deinem Herzblut etwas von dem Licht und von der Wärme, die Ich den Meinen unentwegt verströme. Demnach sei dir keine Hürde hoch genug, dass du sie nicht um Meinetwillen überspringst und damit deiner Ehre Vorschub leistest vor dem Gott der Liebe und Erfüllung allen Daseins mit dem Leben himmlischer Natur. Bemerkst du Mein In-Deinem-Busen-Wohnen, so geschieht dir die Verwandlung ins Allgöttliche, von der die Diener Seiner Herrlichkeit beständig und inständig träumen. Alle deine Gottesträume werden wahr und warten darauf, von dir bis ins letzte Detail wunderbar verwirklicht und mit Meinem Sinngehalt erfüllt zu werden. Nur in Meiner Hemisphäre bist du wirklich gross und darfst dich rühmen, einen Job von Herkules-Bedeutung bestens ausgeführt zu haben. Nicht du bist der Gewinner, sondern Ich in dir, soll dir dabei bewusst sein; Mein Mantel und Mein Kern in dir sind die Insignien der Hochheit, mit der Ich Meines Reiches Umkreis, wie auch seine Mitte, wunderbarerweis regiere. Ich Bin es und du Bist in ihm Mein Angebinde, Meine Seinssubstanz und Mein gehöriger Kumpan in den Ich alles setze, was Mir zugehört und was die Fülle präsentiert, aus der wir alle sind und leben.

Aus ist die Geschichte vom Beginn der Menschen-Göttlichkeit, die Ich für dich bereitet und mit schön geformten Lettern in dein Reinheft eingeschrieben habe. Lies und lies und erweitere dabei dein Seins-Bewusstsein bis zu Mir hinauf ins wunderbar gesättigte Elysium, in dem du deine Herzenswonne findest, wie den Lobgesang der Gottesliebe im Allhier.

Ludwig Weibel
Geboren 1933
Lebt in CH-9200 Gossau/St.Gallen
Studienabschluss als Fernmeldetechniker
Schriftstellerische Berufung zur
"Philosophie des Seins" für vife Geister.
Erstellt elegante Graphiken mit einem
Pendel-Apparat. (Siehe Buchumschlag)
Homepage: www.das-sein.ch